ÅF191884

F.U. Ricardo

Nichts Neues! Wirklich?

F. U. Ricardo

Nichts Neues!

Wirklich?

Roman

Ricardo, F.U.
Nichts Neues! Wirklich?
– 1. Aufl. – 2009
Herstellung und Verlag:
Books on Demand GmbH, Norderstedt (www.bod.de)
ISBN: 978-3-839-11067-6

„Es geschieht nichts Neues unter der Sonne."

(Aus dem Buch des Predigers Salomo, Kapitel 1, aus Vers 9)

Es gibt Tragödien bei Völkern und Einzelnen. Gewiss, das ist nichts Neues, aber für die Betroffenen immer wieder prägendes Schicksal, an dem man Anteil nehmen und aus dem man vielleicht lernen könnte.

Aber wie oft heisst es dann lakonisch: Nichts Neues!

Wirklich nicht?

Man lehrt Geschichte, man lernt Geschichte. Aber lernen die Menschen wirklich aus der Geschichte? Manchmal könnte man wirklich meinen: Nein!

1

Der Rhein in Basel führte wieder einmal Hochwasser. Die intensive Schneeschmelze in den Bergen durch warme Winde, Sonne und Regen begünstigt, liess die schnellenden Wasserwogen um die behäbigen alten Brückenpfeiler aufschiessen wie wütende Raubtiere. Dies selbst war nicht sonderlich gefährlich, aber das oft mitgeführte Schwemmholz, auch wenn dieses schon einige Male zuvor durch Wehre oder Kraftwerke aufgehalten wurde.

Es gab laufend Neues, was von den ungestümen Fluten mitgerissen wurde, wie Hühnerställe, alte Fahrräder oder Kinderwagen, ausgediente Kühlschränke und hundert andere Dinge. Aber gewiss ist Vater Rhein bei all diesem „Schwemmmaterial" selbst nicht so wütend und schuldig, dass er dies absichtlich von seinen Fluten mitgereissen ließ. Es gab auch manchen absichtlichen „Entsorgungsschubs" der Uferbewohner, damit im und ums Haus wieder Ordnung herrschte.

Dadurch war auch die sonst rege Schifffahrt mit Lastkähnen und Ausflugsschiffen beeinträchtigt und zeitweise sogar eingestellt. Aber auch das war nichts Neues mehr, denn der Pegelstand sank bereits allmählich und damit auch das Interesse der Gaffer.

Wer weiss dies schon: Viele Quellen Europas liegen zum grossen Teil in der Schweiz! Das Gotthardmassiv im Zentrum der Schweizer Alpen ist eine kontinentale Wasserscheide: Von hier fliessen der Rhein in die Nordsee, die Rhone ins westliche Mittelmeer, der Ticino und später der Po ins Adriatische Meer und der Inn und später die Donau ins Schwarze Meer.

Darum wird die Schweiz auch das Wasserschloss Europas genannt. Nebst zahlreichen Flüssen besitzt das kleine Land über 1'500 Seen. Wasser ist der einzige Rohstoff. Aber der könnte eines Tages sehr wichtig werden.

Ein Basler Rentner, der unter den Schaulustigen stand, meinte zu den Umstehenden: „Die Zeit kommt, in der Wasser eine weit grössere Bedeutung haben wird als Öl und Gas. Konflikte, ja Kriege, sogar gewaltsame Völkerwanderungen werden deswegen kommen. Ihr haltet mich vielleicht für einen Spinner! Aber eines Tages werdet ihr noch an den alten Kleinbasler Rentner denken, der jedes Mal bei Hochwasser verzückt den Fluten zuschaute!"
Nun, einige nickten zustimmend, andere zuckten die Achseln. Mit der Zeit trotteten alle davon und disku-

10

tierten lieber über gegenwärtige Probleme, die mehr unter den Nägeln brannten als Zukunftsvisionen, die ja sowieso alle paar Monate revidiert werden mussten.

Auch „die drei schönsten Tage des Jahres" der Basler, ihre weit bekannte Fasnacht, waren leider schon einige Zeit vorbei. Die träfen, witzigen und auch giftigen Schnitzelbänke über Weltprobleme und Lokalprobleme, vor allem natürlich auch über die Zürcher, waren leider von den meisten lachenden und applaudierenden Zuhörern schon wieder vergessen. Dabei ist dies eigentlich Kleinkunst vom Feinsten.

Die steten Berichte über die globale Wirtschafts- und Finanzkrise, die sich täglich widersprachen, langweilten mit der Zeit. Auch nichts Neues mehr! So viele Milliarden und Billionen konnte man sich sowieso nicht vorstellen.

Pillen, Tabletten, Medizin und Chemie aller Art braucht man doch auch in Krisenzeiten. Also waren die Basler Pharmagiganten bis heute relativ gut weggekommen. Auch nichts Neues! Nirgends was Neues?

2

Doch, für Andrea von Vischer, eine gescheite, hübsche und durchaus attraktive Frau von 26 Jahren gibt es schon etwas Neues! Sie sass am Kleinbasler Rheinufer beim Denkmal der „Sitzenden Helvetia" und blickte wie diese stromabwärts ans andere Ufer, das Nobelhotel „Les Trois Rois" im Fokus.

Die „Helvetia" hatte Schild, Speer und Mantel offenbar abgelegt, wenn nicht sogar hingeworfen. Wofür diese Figur stand, das wissen wohl heutzutage die wenigsten Basler und Touristen. Auch Andrea nicht!

„Hat alles einen Zusammenhang mit der Schlacht von St. Jakob an der Birs vor etlichen hundert Jahren, als die ersten acht Schweizer Kantone von einer Übermacht „auf den Deckel" kriegten, nachdem diese doch sonst überall gesiegt hatten?", sinnierte sie vor sich hin.

Was soll's? Sie hatte jetzt ihre eigene Schlacht; und statt Speer, Schild und Mantel hatte Andrea vor etwa einer Stunde ihrem Mann ihren Ehering ins Gesicht geschleudert und war tobend aus der Wohnung geflüchtet. Dies, obschon sie von ihm im dritten Monat schwanger war. Das war es ja gerade, was sie zum Wahnsinn treiben wollte, und was Liebe in Wut und Hass verwandelte. Sie konnte sich sicher sein, dass das Baby von ihm war.

„Und trotzdem vergnügt sich dieser Dreckskerl mit einem Flittchen aus dem Kosovo. Diese hat es doch nur auf sein Geld abgesehen oder sogar auch noch auf einen Schweizer Pass!"

Zugegeben, sie war eine südländische Schönheit, aber trotzdem eine dumme Kuh. Dies bewiesen eindeutige Fotos von einem Privatdetektiv, den Andrea missmutig beauftragt hatte, Recherchen anzustellen.

Wie sie „ihren" Henry kannte, würde dieser bald hellhörig, wenn es ans „Sankt Portemonnaie" ging. Eine Scheidung und hernach eine Blitzheirat anzustreben, nur dass diese Sex-Hexe den Schweizer Pass erhielt, das würde er gewiss nicht zulassen.

„Dafür werde ich schon sorgen mit einer Kampfscheidung, die sich gewaschen hat", murmelte Andrea wütend und verzweifelt vor sich hin. Aber die steinerne Helvetia hörte ihr nicht zu; auch niemand sonst am schönen Rheinufer.

14

Von ihrer Schwangerschaft wollte sie Henry vorerst kein Wort mitteilen! Dies sollte und konnte noch eine Überraschung besonderer Güte werden!

Versonnen blickte sie bei ihren Gedankengängen weiter auf die „Helvetia".

„Warum auch immer du mit deinen eigentlich toten Augen rheinabwärts blickst und warum auch immer du Speer und Schild abgelegt hast: Ich werde kämpfen wie damals die alten Eidgenossen bei Sankt Jakob an der Birs!", dachte Andrea.

Dabei kamen ihr wieder Bruchstücke aus dem Geschichtsunterricht in den Sinn. Die alten acht Orte der Schweiz waren durch viele Siege übermütig geworden. So griff lediglich eine kleine Vorhut die Hauptstreitmacht der Armagnaken mit deren zwanzigfachen Übermacht an und wurde praktisch bis zum letzten Mann niedergemetzelt.

Ein stolzer Ritter soll gerufen haben mit Blick in die blutgetränkte Wiese der Eidgenossen: „Ich fühle mich, als ob ich in einen Rosengarten sehe!" Ein sterbender Schweizer warf diesem Grossmaul nach der Überlieferung einen Stein an den Kopf und schrie: „Friss deine Rosen!" Und der stolze Spötter sei getötet worden.

Jedenfalls sprach sich der Heldentod damals in vielen Königshäusern Europas herum, und mancher Monarch warb um Kriegsvolk aus Helvetien. Sogar die Gründung der Schweizergarde für den Papst soll auf jenes Ereignis zurückzuführen sein. Die Reisläuferei begann und damit auch viel Ruhm, viel Geld, vor allem aber viel Leid und Tod.

Andrea war erstaunt, dass bei ihr wieder soviel Geschichtswissen aus der Versunkenheit hochkam. Aber vielleicht verwechselte sie dabei auch einiges. Sie hätte ihrem Mann eigentlich statt des wertvollen Eherings mit Diamanten auch besser einen wertlosen und dafür schwereren Gegenstand an den Kopf werfen sollen, damit in seinem Schädel Vernunft einkehrte.

Nicht nur der Rhein, auch ihre Augen hatten jetzt „Hochwasser". Und in ihrem Innern schmolz wie der Schnee in den Bergen die Liebe und machte unendlicher Wut und tiefem Hass Platz.

„Zum Glück vereinbarten wir bei der Hochzeit Gütertrennung; so bin ich nicht mittellos. Im Gegenteil, der Saukerl soll sich noch wundern!"

Trotz allem: Mit der Zeit meldeten sich bei ihr Hunger und Durst. So trottete Andrea an das Dreiländereck Schweiz-Deutschland-Frankreich in Basel, das eigentlich in der Mitte des Rheins zu suchen ist.

16

Von dort an nennt man den Rhein auch nicht mehr Fluss, sondern Strom. Sie kannte auf der Schweizer Seite einen guten Italiener namens „Bel Paese".

„Ein Teller Pasta und ein gutes Glas Wein holen mich jetzt ein wenig aus dem schwarzen Loch!", murmelte sie zu sich selbst.

Für Interessierte sei noch kurz erwähnt: Die Sitzende Helvetia aus Bronze am Kleinbasler Rheinufer bei der mittleren Rheinbrücke ist eigentlich kein Denkmal, sondern eine noch recht junge Skulptur aus den Jahren 1979 bis1980 und will dem Betrachter eine ganz andere und etwa gar nicht ruhmreiche Heldengeschichte erzählen: Eines Tages verlässt Helvetia das Zweifrankenstück, mischt sich unters Volk und kommt auch nach Basel. Nach anstrengendem Gang durch die Stadt legt sie Mantel, Schild, Speer und Koffer ab, ruht sich auf dem Brückenpfeiler aus und blickt nachdenklich rheinabwärts. So gestaltet von der Künstlerin Bettina Eichin. Mit Sieg und Niederlagen aus alter Zeit also hat sie nichts zu tun. Denn wer hätte damals auch schon einen Koffer dabei gehabt? Der steht tatsächlich, ebenfalls aus Bronze, neben dieser Skulptur. – Aber die Gedanken sind frei, und der Phantasie sind keine Grenzen gesetzt!

3

Seit auch die Schweiz dem Schengen-Abkommen beitrat, existieren die Grenzen im Dreiländereck Basel, schon vorher kaum bemerkt, praktisch überhaupt nicht mehr. Zu gross ist auch der Personen-, Auto- und Güterverkehr in dieser pulsierenden trinationalen Agglomeration Basiliensis, die über eine Million Einwohner umfasst.

Ebenso ist ein Sprachenproblem kaum vorhanden. Die alemannischen Völker mit ihren Mundarten und Dialekten verstanden sich recht gut, sei dies nun in Baseldeutsch, Elsässisch oder Badisch. Auch Schriftdeutsch (Hochdeutsch wäre vielleicht etwas hoch gegriffen?), Französisch und sogar Englisch sprechen manche sehr gut oder ganz passabel.

Nun, es gibt auf der Welt viele sogenannte Dreiländerecke. Aber dieses hier war Andrea sehr vertraut; und genau so etwas benötigte jetzt ihre verwundete und geschundene Seele. Eine Plastik mit dem Namen „Pylon", den vermutlich niemand so recht begriff, erinnerte an eine Schiffsschraube oder an ein

Segel. Die drei Landesflaggen waren dort eingraviert.

Heute spielen grenzüberschreitende Wege und Gedanken zum Glück keine Rolle mehr. Da gab es früher ganz andere Zeiten, von denen vor allem die Eltern und Grosseltern bis zum Gehtnichtmehr erzählten. Nun, diese lebten sowieso mehr in der Vergangenheit als im Heute.

„Teufel auch", fluchte Andrea leise vor sich hin, „das ‚Bel Paese' hat geschlossen. Nur für heute oder für immer? Lässt auch hier die Wirtschaftskrise grüssen?"

„Nun, es bleibt ja immer noch das grosse Restaurant praktisch neben dem ‚Pylon'. Aber dort serviert man vermutlich keine Spaghetti! ‚Hunger ist der beste Koch!' Auch ein Spruch meiner Grosseltern, den ich hundertmal gehört habe. Aber jetzt bewahrheitet er sich tatsächlich."

Zum Glück ergatterte Andrea sich einen kleinen und etwas verdeckten Tisch am Fenster, von dem aus man alles sieht und selbst kaum gesehen wird.

„Zum Satan!", hätte sie jetzt am liebsten geschrien, denn das Wort Teufel war zu mild für ihren Gefühls- und Hassausbruch. „Da kommt doch tatsächlich mein treuloser Mann mit seiner Schlampe ausge-

20

rechnet auch in dieses Restaurant. Ist denn Basel ein Kuhdorf! Es gibt hunderte von Gaststätten!

„Aber natürlich, in glücklicheren Zeiten waren wir ja oft hier zum Träumen, zum Essen und Philosophieren zusammen. Ist denn dieser Dreckskerl so fantasielos und so abgebrüht, dass er mit seiner albanischen Flamme ausgerechnet in ‚unser Restaurant' kommt? Ich will den beiden die Suppe tüchtig versalzen und den Appetit versauen!"

Als sich die drei nach geraumer Zeit bemerkten, sanken bei allen die Hungergefühle auf den Nullpunkt und der Drang nach Alkohol schnellte in die Höhe. Die Blicke wurden giftiger, sogar hochtoxisch. Man hätte je nach Gemüt darunter gefrieren oder verbrennen können.

Eine Implosion hatte schon stattgefunden, eine Explosion wurde nur durch den Mantel des anerzogenen Anstandes aufgehalten. Selbst uneingeweihte Gäste verspürten bereits Spannungswellen durch den Raum ziehen, wogegen die Wellen des Hochwassers draussen im Rhein direkt harmlos wirkten.

Nach dem ersten grossen Schock, dem zweiten Espresso und vielleicht nach dem dritten Schnaps sank auch hier der Pegelstand etwas. Man zeigte doch, aus einigermassen noblem Haus stammend, Reste einer durchlaufenen Kinderstube. Henry überwand mit fürchterlicher innerer Anstrengung, sich an den Tisch von Andrea zu schleppen.

„Warum bist du hier, Andrea? Was hast du vor? Wollen wir nicht vernünftig miteinander reden? Kann ich dir nicht in Ruhe einfach alles erklären?"

„Zu viele Fragen auf einmal! Ich werde die Fragen, die ich mir von dir noch gefallen lasse, durch meinen Scheidungsanwalt zukommen lassen! Werde selig mit deinem glutäugigen, spitzbusigen und schwarzhaarigen Flittchen aus dem Balkan! Sie wird dich fallen lassen wie eine heisse Kartoffel, und dies wird einer der schönsten Tage meines Lebens werden.

Übrigens: Ich bin schwanger! Ich weiss von wem, aber du nicht!"

So verdattert, zu bleich, so erstarrt im Gesicht wie jetzt, hatte Andrea ihren Henry nun wirklich noch nie gesehen. Und dieser Triumph war schon ein wenig Balsam für ihr zutiefst verwundetes Ego. Hocherhobenen Hauptes, aber mit etwas wackeligen Knien, verliess sie die immer gut besuchte Gaststätte.

Ihre Eltern besassen im nahen Elsass ein altes Weingut, das nach deren tragischem Tod in Südafrika ausschliesslich ihr gehörte.

„Dorthin ziehe ich mich zurück, um nächste Schritte zu planen!", schoss ihr ein einleuchtender Gedanke durch das sonst noch ziemlich vernebelte Gehirn.

4

Die Altstadt von Colmar, 60 Kilometer von Basel entfernt, also ein Katzensprung, ist ein Juwel für Liebhaber alter Fachwerkhäuser, Baudenkmäler und natürlich unzähliger gemütlicher Kneipen. Viele tragen als Gütesiegel: Feine französische Küche, aber serviert in deutschen Portionen! Gut, der Euro macht auch dort seinem Übernahmen Ehre: „Teuro"! Aber für viele Schweizer ist dies immer noch erschwinglich.

Auch kulturell bietet Colmar einiges. Eigentlich eine Fülle für so eine Kleinstadt!
Erwähnt sei hier nur der sogenannte „Isenheimer Altar", ein Hauptwerk deutscher Malerei. Dabei handelt es sich um einen sogenannten Wandelaltar aus den Jahren um 1500 nach Christus. Andrea ist nicht sonderlich religiös. Aber als ihr und ihrer Besuchergruppe im Musée d'Unterlinden einmal ein Kunsthistoriker während einer dreistündigen Führung die Gemälde, Skulpturen und Schnitzwerke näherbrachte, und zwar mit einer Begeisterung und Inbrunst sondergleichen, traf sogar sie ein Hauch der

Bewunderung und Frömmigkeit, was nicht zu verwechseln ist mit Frömmlerei.

Das war gewiss grosse Kunst, aber auch Glaube, also Können und Frömmigkeit des Künstlers in einem. Freilich, als dieser Kurator erklärte, dass für die Schilderung aller Details drei Stunden niemals ausreichen würden, war sie doch dankbar, dass ihr Reiseprogramm vorsah, nun in ein rustikales Restaurant einzukehren.

Etwas ausserhalb von Colmar liegt Andreas geerbtes Weingut, das hauptsächlich den besonderen Gewürztraminer anbaut. Wer diesen Weisswein liebt, kommt von seinem eigenwilligen Bouquet nicht mehr los: Säurearm, ein Aroma wie von Lychee, Bitterorange und Marzipan! Zu gewissen Speisen und Gelegenheiten auch für verwöhnte Gaumen ein Genuss. Das Hauptanbaugebiet dieses besonderen Tropfens ist nach wie vor das Elsass.

Mit besonderen Empfindungen betrat Andrea auch heute das altersgraue Gebäude des Weingutes. Wenn diese Steine und Mauern, vor allem auch die verzweigten und für manche immer noch geheimen Winkel und tiefen Stollen erzählen könnten! Hier liegt für sie stets nicht nur ein Stück Jugenderinnerung, sogar ein Stück ihres Seins.

Sie suchte Maria, die gute alte Seele des Hauses. Diese schaut stets nach dem Rechten, so gut es im Alter noch geht. Leider hatte Andrea vergessen, sie vor ihrem Kommen anzurufen. Aber die Überraschung sollte umso schöner sein.

„Nur, wo steckte sie denn? Im Hause ist sie auch nicht!" Also stieg Andrea in die Gewölbe hinunter. Die Überraschung, nein, der Schock war perfekt: Tausende von Flaschen Wein, alle weg!

„Zuerst klaute die deutsche Wehrmacht im Zweiten Weltkrieg alles, was sie fanden", so erzählten die Eltern Andrea oft. „Aber sie fanden längst nicht alles! Die Gänge sind zu verschwiegen und zu verzweigt! Mancher durstige Offizier und Soldat hätte wohl gestaunt, was da selbst nach dem Krieg noch lag!"

So suchte Andrea in jenen wohl nur noch Maria und ihr selbst bekannten Höhlen und Gewölben nach der guten Seele. „Oh Schreck, auch hier der ganze Wein weg!"

Hier lagerte kein Gewürztraminer, denn dieser Weisswein hält nicht so lange, sondern auserlesene französische Bordeaux-Jahrgänge, und zwar nach alter Tradition: Der Vater kauft solche Weine nicht für sich selbst, sondern für seinen Sohn. Und dieser dann wieder für seine Nachkommen. Unmöglich,

27

wird wohl mancher sagen. Nein, denn gut gelagert in solchen Kellern halten edle Tropfen viel länger als in unseren modernen und meist noch betonierten Kellerabteilen.

„Ist jetzt Al Qaida auch schon hier und sucht Unterschlupf? Nicht nur in den Bergen und Höhlen von Pakistan und Afghanistan?", dachte sie sich und lächelte doch ein wenig bei der Vorstellung, da es strenggläubigen Moslems eigentlich gar nicht erlaubt ist, Alkohol zu trinken.

Das leise Lächeln gefror plötzlich auf Andreas Lippen, als sie in einer etwas schmuddeligen Ecke Maria leblos am Boden liegen sah. Sie schrie auf und eilte auf sie zu.

„Tot, mausetot!"

Aber sie fand absolut keine Hinweise auf irgendeine Gewalteinwirkung. Und doch, auf dem erstarrten Gesicht lag nicht wie zu Lebzeiten ein Frieden, eher ein Erstaunen, wenn nicht sogar ein Schreck!

„Niemals mehr werde ich mit Dir, mein Engel, mein Ersatz für Grossmutter und Mutter, im schönen Elsässer-Dialekt sprechen können", murmelte Andrea tränenüberströmt, als wenn dies das Wichtigste gewesen wäre. Aber es war immer drollig, wenn sie sagte: „Andrea, hol' mir doch im Jardin noch etwas

28

Legume. Ich will heute etwas Besonderes kochen pour Diner."

„Zweimal ein solcher Verlust an einem Tag? Ertrage ich das?" fragte sie sich verzweifelt.

Nun, der Mensch erträgt viel!

5

Die herbeigerufene Polizei konnte nichts Verdächtiges finden, und der Notarzt stellte schliesslich als Todesursache lapidar „Herzversagen aus Altersschwäche" fest. Was sonst hätte er auch schreiben sollen?

„Ob er in einem geschmiedeten Komplott steckt, samt der Polizei?" fragte sich Andrea. „Es ist doch wirklich eigenartig, dass Marias Tod im Zusammenhang mit dem Raub der Weine erfolgte."

Der untersuchende Kommissar meinte aber dazu etwas säuerlich, sie solle sich nicht in laufende Erfahrungen einmischen! Wobei Andrea in Deutsch und Französisch diesem zublitzte: „Sie können mir das Denken nicht verbieten; und dies hier ist mein Gut!"

Ein beidseitiges schnippisches „Adieu, à la prochaine", verhinderte wohl weitere unliebsame Konfrontationen. Aber ihr Verdacht blieb und pochte in Andreas Hirn! So suchte sie trotz polizeilicher Absperrung in den unterirdischen Gängen nach irgendeinem Hinweis. Sie war aber so aufgewühlt und dadurch wohl auch unkonzentriert, dass sie leider an den altersgrauen Backsteinen einen mit spitzem Gegenstand eingeritzten Pfeil übersah!

Dort auf dem Land waren Trauerfeiern und Beerdigungen immer noch gut besucht. Etwas Trauer ist gewiss auch da; vor allem aber gebieten Anstand und Tradition, dass „man" daran teilnimmt. Und da war natürlich auch die Vorfreude auf ein anschliessendes Mahl, bei dem man die liebe Verstorbene nochmals hochleben lässt. Besonders jetzt, denn es ist Spargelzeit. Und zuvor etwas Gänseleber? Hm, das schmeckt einfach grossartig zum Gewürztraminer.

„Die Gänse werden aber gestopft, und das ist scheussliche Tierquälerei", so wurde weit herum geschimpft! „Aber nicht bei uns! Wir sind doch keine Unmenschen!"

Wohl nur flüchtige Untersuchungen ergaben nichts, rein gar nichts. Natürlich würde man der Sache weiterhin auf den Grund gehen. So beteuerte auch der Verwalter des Gutes, dem Andrea noch am ehesten vertraute, dies aber auch nicht um jeden Preis.

Sie beschloss spontan, um all dem Trubel zu entkommen, zum „Franschhoek Country House" in Südafrika zu entfliehen.

Dort lebte sie mit ihren Eltern etliche Jahre, bis diese nach einem ebenfalls ungeklärten Hubschrauberabsturz ums Leben kamen. Und dort genoss sie nach der Hochzeit mit Henry ihre Flitterwochen. Diese Erinnerung war jetzt der einzige Stachel im Herzen, genau dorthin zurückzukehren. Aber sie wollte, sie musste weg! Auch von Südafrika aus konnte sie eine Scheidungsklage einreichen.

„Die dortigen Anwälte sind vermutlich sehr viel kostengünstiger!"

Komisch, dass ihr jetzt solche finanziellen Dinge im Kopf herumschwirrten. „Nach der Scheidung muss ich mich aber selbst um Geldsachen kümmern. Bis jetzt lag dies alles bei Henry. Eigentlich dumm von mir, denn so sah ich nie, was für Geschäfte er machte, ob krumme oder gerade! Nun, ich werde noch dahinterkommen und vielleicht ein blaues Wunder erleben!"

6

Auf einem kurzen Trip von Basel nach Frankfurt und einem langen und wie immer langweiligen Nachtflug von dort nach Kapstadt, in dem sie trotz Überbuchung kurzfristig doch noch einen Platz ergatterte, wünschte Andrea sich als Sitznachbar oder Nachbarin einfach nur keine Schnarcher, Alkoholiker, Plauderer oder Wichtigtuer. Sie hatte Glück, wenigstens hier.

Während die Motoren gleichmässig brummten und praktisch keine Turbulenzen auftraten, grübelte sie in Gedanken:

„Wenn alle Untersuchungen im Sand verlaufen und die Akten geschlossen werden, so verlange ich durch einen mir und meinen Eltern gut bekannten Staranwalt in Paris eine Wiederaufnahme des Verfahrens und, wenn möglich, sogar eine Exhumierung der Leiche von Maria.

Vielleicht finden ein toxikologisches Institut und ein Gerichtsmediziner doch noch Spuren eines Verbrechens. Viele Gifte sind zwar nach kurzer Zeit nicht mehr nachzuweisen; andere aber doch! Meine Maria starb nicht an Herzversagen. Nicht nach ihrem Gesichtsausdruck, mit dem sie mir gewiss noch etwas sagen wollte!"

Hätte doch Andrea nur den verflixten Pfeil an der alten Wand bemerkt! Und die Spurensicherung der Polizei? Bemerkte wenigstens diese die Einkerbung?

Wenn ja, so schrieb man diese vielleicht spielenden Kindern zu, oder einem besoffenen Besatzungssoldaten aus dem Zweiten Weltkrieg, der sich mit solchen Spielereien die Zeit um die Ohren schlug. Maria war an Herzversagen gestorben und damit basta! Warum denn solch einen Wirbel veranstalten? Sie hatte schliesslich ein hohes Alter erreicht. Sterben müssen wir alle!

War solches Denken nun hinterhältig oder ehrlich gemeint von den Leuten, die mit diesem Todesfall zu tun hatten?

7

Franschhoek, umgeben von grossartigen Weinbergen und umrahmt vom Drakenstein-Gebirge, wurde 1688 in Südafrika von verstossenen Hugenotten aus Frankreich gegründet. In dieser zauberhaften Gegend mit mildem Klima und guten Böden pflanzten sie ihre auf langem Seeweg mitgebrachten Rebstöcke. Heute ist hier eines der grössten Weinanbaugebiete des Landes zu finden.

Nur ein grosses Denkmal erinnert den Besucher an jene um ihres Glaubens Willen Verstossenen. Eine Statue hält in der einen Hand eine Bibel und in der anderen eine zerbrochene Kette, Symbol für die Religionsfreiheit, für die auch damals Unzählige ihr Leben liessen oder vertrieben wurden.

Interessant ist dabei, dass gerade diese Hugenotten aus Frankreich, die Südafrika den köstlichen Weinanbau brachten, auch in Basel den ersten bescheidenen Grundstein legten für spätere Pharmariesen!

Andreas Eltern, keine Hugenotten, aber immer voller Fernweh, wollten den Gewürztraminer auch dort unten anbauen und einfach mal etwas neuen Schwung in ihr Leben bringen. Der dortige Boden war für diese Art Reben und Trauben aber nicht ideal. Es gab und gibt viele andere Arten, die sich dort prächtig entwickelten. So waren sie immer hin- und hergependelt zwischen Basel, dem Elsass und Südafrika, bis sie jäh aus dem Leben gerissen wurden.

Auch hier schien Andrea im Nachhinein, durch bittere Erfahrungen kritischer geworden, nicht alles so ganz koscher gewesen zu sein bei dem plötzlichen und nie geklärten Unglück.

„War da jemand am Werk, der es auf das Gut und Geld ihrer Eltern und sogar auf sie selbst abgesehen hatte? Aber wer? Vielleicht mein Lump Henry aus Basel, der zwar dort den Namen einer alten angesehenen, aber inzwischen verarmten Familie trägt? Ich werde eins ums andere klären, auch wenn dies schwierig oder sogar unmöglich erscheint!"

Ihr Herz war zwar zerrissen, aber nicht ihr Verstand, und ganz und gar nicht ihre Rache! Giftmord ist zwar gemäss Statistik eher Frauensache. Aber wie sagte ihr Grossvater oft? „Es gibt kleine Lügen, grosse Lügen, und dann gibt es noch Statistiken!"

„Seltsam, wie sich alle die Stimmen aus der Vergangenheit auf dem langen Nachtflug von Zürich nach Kapstadt wieder meldeten!", grübelte sie.

Sie hörte auch jetzt ganz deutlich ihre Mutter, als Andrea ihr Henry als künftigen Mann vorstellte. „Kind, prüfe genau, ist es Verliebtheit oder ist es Liebe! Das ist nicht dasselbe."

Auf Andreas verblüffte Gegenfrage meinte sie damals weiter: „Wenn ich Henrys Augen beobachte, so bekommen diese einen anderen Glanz, ein anderes Leuchten beim Anblick unseres Weingutes hier, als wenn er dich anscheinend verliebt anguckt!. Auch wenn er davon hört, dass das andere Gut im Elsass zwar kleiner, aber auch hübsch und wertvoll ist. Ich sehe einfach ein anderes Leuchten, wenn er glaubt, unbeobachtet zu sein. Ich will dich nicht kränken und nicht erschrecken. Aber dann sehe ich in seinen Augen etwas Diabolisches!"

„Mutter, du siehst Gespenster!" Darauf meinte sie nur: „Ich hoffe es, aber ich kann in manchen Augen lesen!"

Darauf riet ihr die Mama: „Heirate in der Schweiz und nach dortigem Eherecht. Und um Himmels Willen beharre auf Gütertrennung, und vor allem darauf, dass dir als unserem einzigen Kind die beiden Weingüter als alleiniges Eigentum bleiben, wenn wir einmal das Zeitliche segnen!"

„Mama, du und Papa leben noch lange. Ihr seid kerngesund!"

„Was auch immer geschieht, Liebes, denk an meine Worte!"

„Ich muss mich mal erkundigen, ob Henry etwas von Aviatik und Flugzeugmotoren versteht, und auch von toxikologischen Dingen. Ich glaube, er studierte einige Semester Chemie, bevor er sein Studium hingeworfen hat."

Andrea schreckte aus ihren Grübeleien auf. Der lange Flug wurde plötzlich unterbrochen durch die Lautsprecherstimme des Kapitäns:

„Sehr geehrte Damen und Herren, in wenigen Minuten werden wir in Kapstadt landen. Wir hoffen, Sie hatten einen angenehmen Flug und danken, dass Sie mit uns geflogen sind! Wir bitten Sie, Ihre Sitzlehne wieder senkrecht zu stellen und sich anzuschnallen." Und so weiter und so weiter. Andrea konnte diese Mitteilungen auswendig und hörte gar nicht mehr richtig hin.

„Was, schon da?", wachte sie aus ihren Gedanken auf. Obschon einen Moment lang verwirrt, freute sie sich auf die innere und äussere Distanz zum Durchlebten. Die äussere Distanz ist nun da, immerhin zehntausend Kilometer groß. Ob die Innere auch kommen wird?

8

Wenn zu Hause in den Alpen die Schneeschmelze einsetzt, so rüsten sich in Franschhoeck die Winzer zur Ernte. Franschhoek ist zwar ein exklusiver Golfer- und Urlauberressort geworden. Aber für gute und beste Rechtsanwälte muss man wohl schon eher in Kapstadt oder Johannesburg Umschau halten. Was sind in diesem grossen und weiten Land hundert Kilometer oder mehr? Und wo ist heute eigentlich das Hirn, das Herz, das Zentrum dieses Staates?

Die Regierung tagt abwechselnd in Pretoria und in Cape Town. Schalthebel der Macht und wirkliche Weltstadt ist aber Johannesburg. „Ähnlich wie zu Hause in der kleinen Schweiz", dachte Andrea belustigt.

„Offiziell ist natürlich Bern die Hauptstadt, Zürich aber die ungekrönte Kapitale, Basel eine eigene Wirtschaftsmacht, und zum Ärger wohl mancher Genf die bekannteste Stadt in der weiten Welt. Dies nicht zuletzt wegen der UNO, des Völkerbundes, des internationalen Sitzes des Roten Kreuzes und anderem mehr. Man sehe nur in New York oder Tokio mal an eine Weltzeituhr! Dort sucht man vergeblich nach Zürich. Und das freut natürlich eine Baslerin richtiggehend schelmisch!"

Wie hatte doch Andrea vor Jahren herzlich gelacht, als eine Brieffreundin aus Indien sie mit folgender Adresse anschrieb:

Miss Andrea Kohler, University of Zürich, Germany!

Die Post fand sie tatsächlich, mit wirklicher Präzision, natürlich sehr verspätet, und der Brief war unterfrankiert. Strafporto musste nachbezahlt werden. Es war aber für eine Baslerin einfach herrlich, dass Zürich in Germany liegen soll, sogar für studierende Inderinnen.

Apropos Post, Telefonate, Mails und so weiter, mit denen sie von Henry bombardiert wurde, vermutlich auch im Elsass: sie liess ihn völlig leer laufen und machte keinen Mucks.

Viele Bekannte gab es für Andrea in Franschhoek nicht mehr, von einigen alt gedienten treuen Arbeitern und Bediensteten im Weinberg sowie Haus und Weingut abgesehen. Allen voran natürlich der Verwalter Johann de Boers. Dieser ihr sehr sympathische Mann steht immer noch in den besten Jahren.

Belustigt erinnerte sich Andrea, dass er stets ein wenig in sie verliebt war und dass er sich gar nicht glücklich zeigte anlässlich ihrer Hochzeit mit Henry. Im Gegenteil: In den Flitterwochen begegnete er diesem mit einer schroffen Art, wenn nicht sogar Feindschaft. Henry riet Andrea, diesen anmassenden Kerl zum Teufel zu jagen, was sie aber mit allen Mitteln verhinderte.

„Warum denn auch?", fragte sie ihrem Mann. „Er macht seinen Job vorzüglich, und das Gut prosperiert!"

„Er macht dir schöne Augen und mich hasst er!"

„Eifersüchtig? Das ehrt mich aber!", lächelte Andrea.

Beim Abschied nach den Flitterwochen flüsterte Johann ihr ins Ohr: „Wenn immer Sie mich brauchen, Mrs. von Vischer, ich bin stets für Sie da!"

„Nennen Sie mich doch weiter Andrea!", meinte sie zu Johann. „Wir sind Freunde und bleiben es!"

„Ja, gerne", meinte Johann. Und sie hörte einen etwas traurigen Tonfall heraus. Freunde war vermutlich für Johann etwas zu wenig. Damals mass sie dem keine Bedeutung zu. Inzwischen aber kamen so viele Fragen, Erinnerungen und Schatten aus der

Vergangenheit wieder an die Oberfläche. Es gab wohl viel zu fragen und zu recherchieren!

„Aber jetzt, vor der Weinlese, ist dazu wohl wenig Zeit!", überlegte sich Andrea.

Und wie trotz aller Hektik Zeit da war! Bis in alle Nacht hinein! Sie lernte einen ganz anderen Johann kennen. Etwa so, als wenn ihre Mutter, die in den Augen lesen konnte, indirekt zu ihr sprach.

So nah waren sich Johann und Andrea noch nie. Waren sie sich vielleicht in den vielen Gesprächen der nächsten Tage und halben Nächte viel zu nahe gekommen? Es blieb nicht nur bei Gesprächen!

Aber schliesslich pochte bei beiden Blut und nicht Wasser durch die Adern. Mehr Sympathie brachte auch mehr als nur Gespräche. Sie liebten sich mal zärtlich und dann auch wild, als wenn sie alle durchgemachten Erlebnisse in neue Gefühle und in eine neue und innige Beziehung umgestalten wollten.

„Ist dies klug, ist dies dumm?", fragte sich Andrea hundert Mal. „Jedenfalls bin ich so glücklich und verliebt wie noch nie! Also: Ob klug oder dumm! Hauptsache es ist himmlisch!"

„Und nun mit aller Kraft die Scheidung vorantreiben", nahm sie sich fest vor.

9

Eines Tages stand Henry einfach vor der Tür vor Andreas schönem Anwesen in Frenschhoeck. Er mimte den geprügelten Hund, oder war dies wieder gespielt? Zum Glück kam er ohne Blumen, sonst hätte sie ihm diese ins Gesicht geschmissen wie damals den Ehering.

„Was willst du? Wieder nur Fassaden errichten? Fürst Potemkin in Russland ist tot. Und ich bin nicht die Zarin Katharina! Hat deine Albanerin dich nun doch fallen gelassen wie eine heisse oder wohl eher wie eine faule Kartoffel? Wann gehen deine Taxe und dein Flug zurück?" fragte sie ihn mit gefährlich leiser Stimme.

„Jetzt stellst du zu viele Fragen auf einmal", meinte Henry. „Und jetzt wollen wir alle und alles besprechen und beantworten."

„Das ist schnell gemacht; verschwinde! Gehe nach Hause und sortiere deine Post. Darin ist der Vorschlag meines Anwalts für eine friedliche oder dann eine Kampfscheidung!"

„Was macht unser werdendes Kind?"

„Pardon? Du meinst *mein* Kind! Das geht dich nichts an!"

„Ich werde einen Vaterschaftstest erzwingen!"

„Dass ich nicht lache! Wo? Hier in Südafrika? Vergiss nicht, dank meiner Eltern bin ich auch südafrikanische Staatsbürgerin. Was meinst du, wie weit du mit einem solchen Ansinnen hier kommst? Ich kenne hier genügend Leute, auch Absonderliche und Spezielle!", drohte sie.

„Übrigens: Hast du früher nicht mal einige Zeit Chemie studiert, und war eines deiner vielen Hobbys nicht mal Flugzeugtechnik?"

„Ja, warum?" Sofort wurde Henry kreidebleich und schalt sich einen Vollidioten und Tölpel. Seine ganze und von langer Hand aufgebaute Strategie konnte mit diesem einen Ausrutscher zum Teufel gehen.

„Darum! Auch davon wirst du hören! Und nun, hau ab! Ich habe hier zu tun. Die Traubenernte steht bevor!"

„Dazu hast du doch deine Leute und vor allem deinen tüchtigen Verwalter!"

„Ja, der ist allerdings tüchtig, und nicht nur als Verwalter!", waren Andreas letzte Worte, bevor sie ihm die Türe vor der Nase zuschlug. Dabei entging ihr der kleine Triumph, zu sehen, wie doch etwas von Eifersucht in Henry hochstieg.

10

„Da war doch damals eine kleine chemische Reinigung hier", erinnerte sich Andrea plötzlich.

Henry war eigenartigerweise als erster zur Absturzstelle des Hubschraubers geeilt, durch alle Polizeiabsperrungen hindurch. Das brachte später noch viel Ärger mit der Polizei. Er verschmutzte dabei seine Kleider und wollte diese nach den grässlichen Augenblicken partout verbrennen. Aus für Andrea heute unerfindlichen Gründen beharrte sie darauf, man könne den Anzug doch noch retten und chemisch reinigen lassen.

„Lebt wohl die freundliche Mrs. Smith noch, die damals den Laden führte? Inzwischen entstanden hier viele neue Hotels, die wohl alle selbst solche Dienste anboten. Damals erklärte Mrs. Smith, der noch nicht gereinigte Anzug sei verschwunden, weg, gestohlen worden", grübelte Andrea weiter in der Vergangenheit herum. Sie hörte Mrs. Smith immer noch sagen:

„Wer stiehlt denn so einen Fetzen?"

Alte Leute, besonders wenn sie etwas einsam werden, reden gerne und viel von alten Zeiten. Meist auch darum, weil sie die neue nicht mehr begreifen. Mrs. Smith redete zwar auch wie ein Wasserfall, ihre Äuglein waren aber noch sehr wach und hell und blickten neugierig in die Gegenwart und wach in die Zukunft.

Als sie von Andrea auf einer sonnigen Hotelterrasse zu Kaffee und Kuchen eingeladen wurde, meinte sie ganz verwundert: „Ja, hat denn ihr Verlobter ihnen später nicht davon erzählt, dass er den Anzug vernichten wollte, um Ihnen bei dessen Anblick nicht immer wieder die grauenvollen Bilder des Unglücks in Erinnerung rufen? Ich sollte einfach sagen, er sei verloren gegangen oder gar gestohlen worden. Er gab mir ein Bündel Rand für mein Schweigen. Ich fand dies taktvoll von ihm Ihnen gegenüber. Wo ist er jetzt eigentlich? Sie sind gewiss glücklich verheiratet?"

„Was meinen Sie", fragte Andrea, in Gedanken nach dem Gehörten ganz abwesend. „Ach, wissen Sie, wir haben eine kleine Auseinandersetzung. Wie dies eben so ist im Leben!"

„Ja, wie dies eben so ist", meinte Mrs. Smith und registrierte jede Muskelbewegung in Andreas Gesicht.

„Ich will ja nichts gesagt haben, aber mir kam der ganze tödliche Unfall ihrer lieben Eltern sehr eigenartig vor. Ihr Herr Papa war doch ein sehr erfahrener Hubschrauberpilot und kannte hier jede Ecke, jeden Hügel, die Thermik – einfach alles!"

„Würden Sie dies gegebenenfalls auch schriftlich oder bei einer Wiederaufnahme und Rekonstruierung des Unfallherganges bestätigen, Frau Smith?"

„Aber natürlich, sehr gerne! Auch ich traure noch immer Ihrem herben Verlust von damals nach. Ihre Eltern waren liebenswerte Menschen. Aber Erfolg bringt Neider, überall!"

„Was meinen Sie damit?"

„Oh, nichts im Speziellen. Aber ich hörte mich unter den älteren Einwohnern herum. Sie wissen ja, man schwafelt gern und viel. Und einige gaben versteckt zu verstehen, dass sich ihr Verlobter damals sehr um alle Details des Weingutes kümmerte! Und dies war besonders augenfällig während der zweiwöchigen Flitterwochen. Da kümmert man sich doch nicht um materiellen Besitz, sondern um den Honeymoon, wie wir in Englisch sagen!"

Es war ziemlich schwierig, Mrs. Smith wieder loszuwerden. Dies geschah nur durch das ausdrückliche

Versprechen Andreas, sie bald mit einer Gegenein-
ladung zu beehren.

„Wissen Sie, Franschhoek ist modern geworden. Es
wimmelt von Touristen. Aber mit diesen Leuten
kommt man nicht in Kontakt. Darum ist es so schön,
mit wirklich Einheimischen zu plaudern!"

„Ja, wirklich schön", erwiderte Andrea geistesabwe-
send. „Was bin ich doch für ein Trottel, dass alle
diese Mosaiksteine sich erst jetzt langsam zu einem
Bild formen!"

11

„Wenn Henry doch so scharf auf das Erbe ist, warum hat er dann nicht *mich* nach der Heirat beseitigt? Trotz Gütertrennung! Denn ich bin ein Einzelkind, und vermutlich hätte er ohne Testament doch geerbt, zumindest den sogenannten Pflichtteil gemäss Schweizer Erbrecht? Wollte er dies tun, sich selbst aber dabei die Hände nicht schmutzig machen?"

Andrea erschrak zunächst über diese Gedankengänge. Aber je länger alles in ihrem Kopf herumwirbelte wie der bekannte Kapsturm an den Hängen des Tafelberges, um so grösser wurde der Verdacht, um so intensiver wurden ihre Fragen, um so mehr besprach sie sich mit Johann, der sie aber in subtiler Weise nur in kleinen Schritten gedanklich begleitete und unterstützte.

Ein Teil der Lösung kam völlig unerwartet, und zwar aus der Schweiz. Ein Brief des albanischen „Luders" traf ein, mit der Henry sie betrog. In einem schauderhaften Gemisch aus Deutsch und Englisch schilderte darin dieses wohl doch armselige Geschöpf aus ihrem Leben.

Adelina Kimete, Kosovo-Albanerin, erlebte Grauen und Gräuel im Krieg des Jahres 1999. Hunderttausende waren damals auf der Flucht; und sie kam mit etwa 50'000 Flüchtlingen in die Schweiz. Dieses kleine Land nahm damals mehr Flüchtlinge auf als ganz Westeuropa und die USA zusammen. Auch ein Fakt, den die meisten schnell vergessen.

Ihr Bruder Aleksander kämpfte in der berüchtigten UCK, natürlich für Freiheit und Unabhängigkeit. Folter, Tod, Vergewaltigung, das waren die steten Begleiter jener jungen Männer. Später wurden diese von Mitwissern der Gegenseite damit erpresst. Und die Schatten der grauenhaften Vergangenheit verfolgten diese Kämpfer überall hin. So wurde Aleksander auch in der Schweiz erpressbar, um für weitere Straftaten missbraucht zu werden. Dies zum Teil sogar durch ehemalige Freunde. Es war die Hölle im Paradies!

Nichts gelernt als Männern den Kopf zu verdrehen oder zu töten, nichts gelernt ausser schiessen und umbringen, überlebten die beiden Geschwister Adelina und Aleksander den Krieg im Kosovo.

Adelina ist nicht nur hübsch; sie ist geradezu verführerisch und von einer animalischen Ausstrahlung. So wurde sie in Basel angesetzt auf Henry, der ihr verfiel. Aleksander aber hoffte durch Erpressung mit geeignetem Fotomaterial auf Geld und neue Papiere durch dessen einflussreiche und – wie er meinte– reiche Familie.

Im Bett plaudern viele verliebte Gockel die grössten Geheimnisse aus. Hierin wird sich die Menschheit nie ändern. Also auch hier nichts Neues! Dummerweise verliebte sich Adelina in Henry und erzählte ihm vom Notstand ihres Bruders, der jederzeit durch die Blutrache aus dem Balkan eingeholt werden konnte.

In Henrys Hirn reifte langsam ein neuer Plan. Er versprach Adelina, sich von Andrea zu scheiden und sie zu heiraten. Dadurch würde sie Schweizer Bürgerin. Der rote Pass ist für viele auch heute noch der Schlüssel zum grossen Glück. Dafür aber müsste der bewährte Kämpfer aus dem Kosovo ihm zuvor behilflich sein, um unauffällig Andrea zu beseitigen.

Dummerweise erzählte er Aleksander bei einem Saufgelage mit ehemaligen Kumpanen, was er von seiner Schwester erfahren hatte, nämlich dass Andreas Eltern schon vor einiger Zeit in Südafrika ausgeschaltet wurden, und dass er sich nach einer weiteren Drecksarbeit endgültig vom „Geschäft" verabschieden werde.

Eines begriff Henry nicht: Mit was für einem Kaliber Mann und Frau, mit was für gebrannten, geschundenen und verfolgten Leuten er sich hier einliess. Der Albaner versuchten es bei Henry nun tatsächlich mit Erpressung: Entweder würden sie alles ausplaudern und Fotos dazu veröffentlichen oder er zahle das Geld für eine Überfahrt nach Kanada und gebe Hilfestellung für ein Einreisevisum!

Die Liebe zu Henry verblasste bei Adeline bald. Mit Abscheu sah sie hier ähnliche Verhaltensmuster wie in ihrer alten Heimat. Einfach eleganter und feiner gestrickt! Nichts Neues!

Mit Schaudern entnahm Andrea diesem etwas wirren, aber aufschlussreichen Schreiben, zu was für abgrundtiefen Gemeinheiten ihr Ex fähig war. Sie war der armen Adeline eigentlich nicht mehr gram. Aber konnte man ihr glauben? Wem kann man denn überhaupt noch glauben?

„Übrigens: Wo ist Henry?" Seit sie ihm die Tür vor der Nase zuknallte, liess er sich nicht mehr blicken.

„Ich will diesem Ehrenmann doch noch ein paar konkrete Fragen stellen. Oder noch besser, aus der Unterwelt von Soweto oder einem anderen Township einen Killer auf ihn ansetzen. Ruhe gibt es zuvor gewiss nicht!" Zum einen sträubte sich in ihr alles gegen eine solche Schandtat, zum andern galt hier aber die Devise: Entweder er oder ich!

56

„Werde ich zu einem Monster? Bin ich bereits ein hasserfülltes Scheusal? Oder selbst gar bald ein stinkendes und hässliches Aas, wenn er meinen Plänen zuvorkommt?"

Voller Entsetzen fragte sich Andrea, was in ihr vorging. Aber wenn auf den Gefühlen einer Frau derart herumtrampelt wird, wer erfahren muss, dass man „zum Abschuss" freigegeben wird, der lernt in anderen Kategorien zu denken und wird entsprechend geformt!

12

Henry merkte bald, dass ihm der Boden unter den Füssen zu heiss wurde. Darum wollte er zum letzten und entscheidenden Schlag ausholen. Noch war die Scheidung nicht amtlich vollzogen. Darum musste er seine Frau „ausschalten", und zwar endgültig. Nachdem sein Plan in Basel scheiterte und er zwei gefährliche Mitwisser noch so gerne nach Kanada abschob, auch wenn dies Papierkram und Geld kostete, studierte und analysierte er die Möglichkeiten hier in Südafrika.

Solche gibt es manche. Aber welche taugt? Es gibt dann immer mehr Mitwisser, und man ist immer noch mehr erpressbar.

Darum musste er sich nach der amtlichen Todeserklärung seiner geliebten Ehefrau und nach Abwicklung ihrer Hinterlassenschaft absetzen. Heutzutage ist dies gar nicht mehr so einfach, in einer die Welt, die durch Kommunikationsmöglichkeiten total durchsichtig und nahezu ein Kuhdorf geworden ist.

Sicher, es gab sie noch, die geheimen Orte. Diese sind aber meist sehr unwirtlich, sehr abgelegen, sehr primitiv, sehr langweilig. Wie sollte man dort das Leben geniessen?

„Halt, da gibt es doch zum Beispiel noch Tahiti, die Insel im Südpazifik, die eigentlich zu Frankreich zählt. Sicher ist der Name selbst wohl verlockender und exotischer als die Insel selbst. Aber so ein halbes Jahr kann man es dort gewiss aushalten, bis in Europa Gras über alles gewachsen ist. Flexibel muss der Mensch sein, sonst wird das Leben wirklich langweilig", so überlegte der Ehrenmann Henry aus Basel.

Er besuchte den schon etwas betagten ehemaligen Zulu-Krieger, der sich in der grossartigen Geschichte seiner Ahnen sonnte und dabei die Realität der Gegenwart ignorierte. Stolz nannte sich dieser Shaka Zulu, nach dem Namen des grossen Königs, der um 1800 herum Macht über grosse Teile des heutigen Südafrikas erlangte. Dies mit kaum zu überbietender Grausamkeit, mit List, mit allem, was einen grossen Herrscher immer ausmacht.

Jener König Shaka hätte wohl jeden seiner Nachkommen pfählen lassen, der es wagte, seinen Namen zu tragen. Wie der heutige Shaka wirklich heisst, weiss wohl nur er selbst. Zulu bedeutet soviel wie

„Himmel". Aber was wäre ein Himmel ohne sein Gegenstück, die Hölle?

Tatsächlich lebte der alte Shaka immer noch, und zwar in einem ganz respektablen Haus in Johannesburg. Seine Augen waren vom Alter und vom Alkohol trübe geworden. Darum erkannte er Henry nicht mehr auf Anhieb. Sein Hirn aber war immer noch bereit, Pläne für eben diesen Himmel und auch für die Hölle zu schmieden.

Der verdammte Alkohol hat nicht nur die Indianer Nordamerikas dekadent gemacht. Auch andere Völker zerfielen durch das „Feuerwasser". Vor allem dann, wenn keine Perspektive mehr vorhanden war. Hatte Mohammed doch recht, als er seinen Gläubigen den Alkohol praktisch verbot? Nun, der gute Mann kannte damals eben noch nicht den guten französischen Cognac oder den exzellenten schottischen Whisky.

Und auch Wein gedieh nicht in den Wüsten Arabiens. Allah hatte ihn und seine Gläubigen wohl davor bewahrt. Aber gerade „in vino veritas", im Wein liegt Wahrheit, ist tausendmal bewiesen worden. Man plaudert Dinge aus, die sonst nicht verraten würde.

„Das war damals schon ein Coup, den wir miteinander durchgezogen haben, zwinkerte Shaka Henry zu.

Der Hubschrauber-Absturz war perfekt organisiert. Warum nur musstest du dummer Hund so stürmisch zur Absturzstelle sprinten? Hast du mir nicht zugetraut, alle Spuren des Sprengsatzes zu verwischen? Damit machte dich dein übereifriges Mitgefühl für den Tod deiner Schwiegereltern nur verdächtig, und ich musste vom schönen Franschhoek fliehen und abtauchen. Ich soll dir also nochmals helfen, jemanden zu beseitigen? Das aber kostet dich diesmal mehr als damals!"

„Ja, das kostet dich dann das Leben", dachte sich Henry, nach dem Motto: Operation gelungen, Patient gestorben.

Nun, der Plan war simpel. Beim nächsten Besuch Andreas bei ihrem Anwalt in Johannesburg sollte diese von Shaka umgelegt werden. Das Problem war nur folgendes: Man kannte zwar die genaue Adresse des Anwaltes, man kannte aber die genauen Besprechungsdaten nicht – noch nicht! Und die Anwaltskanzlei lag in einem Viertel der Stadt, das als sehr gesichert galt. Gerne zahlten die dort Ansässigen grosse Summen für ihre privaten Sicherheitsdienste, die im Gegensatz zur Polizei nicht chronisch unterbezahlt waren.

„Wo ist in Franschhoek eine undichte Stelle, bei der man nähere Informationen anzapfen konnte? Natürlich, bei einer weiteren ‚Alkoholleiche', die dringend neues ‚Feuerwasser' brauchte, nämlich bei einem ehemaliger Winzer des Rebgutes von Andrea. Nur: Ist einem umnebelten Säuferhirn zu trauen?" Viele Fragen auf einmal für Henry!

Aber genau dieser Winzer besann sich auf den verbliebenen Rest menschlichen Anstandes und auch Dankbarkeit gegenüber Andreas Eltern und ihr selbst. Henrys Angebot für einen kleinen Dienst zur Rettung seiner Ehe und die Bitte um Übermittlung der Besprechnugstermine liessen bei dem im Grunde des Herzens ehrlichen Mann die Alarmglocken schrillen. So plauderte er gegenüber Andrea aus, dass er ihre Reisedaten detailliert auskundschaften sollte und meinte:

„Dieser Saukerl hat was Unrechtes vor. Das spüre ich! Ich bin zwar dem Alkohol ausgeliefert, aber im Grunde meines Wesens eine ehrliche Haut! Ich werde mich vorsehen!"

13

Im Anwaltsbüro des Dr. jur. van Gogh, übrigens kein Nachkomme des weltberühmten Künstlers, war der Teufel los. Als Andrea dort eintraf, um mit ihrem Rechtsberater endgültig die Modalitäten der Scheidung zu besprechen, wurde sie von der Polizei nicht vorgelassen.

Reporter drängten sich wie ein Schwarm Hornissen mit Kameras und Mikros vor, um Gesprächsfetzen und betroffene Gesichter festzuhalten. Endlich wieder mal ein Doppelmord im Prominentenmilieu, nicht immer diese langweiligen Bandenkriege und Abrechnungen bei den Farbigen!

Andrea vernahm mit wachsendem Entsetzen, dass im klotzigen Büro ihres Anwaltes zwei übel zugerichtete Leichen gefunden wurden. Die völlig verstörte Zugehfrau stammelte etwas von einem Weissen und einem früher stadtbekannten Zulu mit dunkler Vergangenheit, die verkrümmt und verrenkt sowie blutüberströmt die teuren Orientteppiche des Büros ruiniert hätten. Beide mausetot, beide mit zwar starren, aber noch im Tode hasserfüllten Augen. Beide durch Messerstiche scheusslich zugerichtet, beide ausgeraubt.

Duell, Selbstmord, Mord? Nun, das musste die Spurensicherung eben herausfinden.

Dr. jur. van Gogh kam auf Andrea zu, aschfahl im Gesicht und mit zittriger Stimme: „Frau von Vischer: Einer der beiden Toten ist zweifelsohne ihr Mann!"

Fingerabdrücke waren in einer solchen Fülle vorhanden, dass man damit vielleicht Megabytes des Polizeicomputers füttern konnte. Aber gespeichert waren eigentlich nur die der beiden Toten, nämlich Henrys und Shakas. An der vermuteten Tatwaffe selbst waren natürlich keine Abdrücke auszumachen.

Obschon der „Fall" interessant zu sein schien und zur Profilierung der örtlichen Polizei beitragen könnte, ergaben wieder einmal mehr alle Detailabklärungen wenig bis nichts. Einbruchspuren am Sicherheitsschloss, durchtrennte Kabel und Drähte der Alarmanlage und eine stillgelegte Videoüberwachung, vermutlich ein bestochener Wachmann, weil dieser kurz nach den Morden in einer anderen Wohngegend seine Dienste zu höheren Tarifen anbot. Alles Indizien, aber keine Beweise!

Halbherzige Nachforschungen ergaben, dass dieser Wachmann anscheinend von einem Inder, der illegal in Südafrika lebte und plötzlich heimgekehrt war, eine beträchtliche Summe für „gute Dienste" erhielt.

Der Wachtmann leistete sich plötzlich einen für seine Verhältnisse überdimensionalen Lebensstil. Wie dumm doch die Leute sind, wenn sie einmal Geld in die Finger kriegen. Sie können es kaum erwarten, auffällig zu werden.

„Name dieses Inders?"

„Singh, natürlich!"

„Wohin in Indien abgereist?"

„Mumbay, natürlich!"

„Natürlich, Singh heisst dort jeder Zehnte, und Mumbay zählt ja auch nur etwa 20 Millionen Einwohner!"

„Das weiss ich nicht!"

„Was für ‚gute Dienste' haben Sie denn diesem Mann erwiesen?"

„Ich habe seine Frau, übrigens bildhübsch und verführerisch, vor einem Vergewaltiger gerettet!"

„Natürlich; und diese hast du anschliessend aus Dankbarkeit selbst vergewaltigt?"

„So nicht, meine Herren! Mit mir nicht! Ich habe Anrecht auf eine anständige Behandlung!"

„Natürlich!"

Nun, sollte man den Kerl weiter im Auge behalten? Dies lohnte sich nicht; und zudem fehlt dazu das nötige Personal. Es gibt gescheitere Dinge zu tun, zumal von den Angehörigen der Opfer interessanterweise keinerlei Druck gemacht wurde.

„Wie viel ungeklärte Todesfälle geschehen durch die Drogenkartelle in Mexiko jeden Monat? Tausend oder mehr? Da leben wir hier ja direkt in einem Paradies", meinte einer der ermittelnden Beamten.

Und einer in der Gruppe war doch tatsächlich so dumm zu fragen: „Wo ist Mexiko?"

Abschätzige Blicke streiften ihn. „Irgendwo hinter dem Tafelberg. Und jetzt sei bitte nicht so blöd und frage noch, wo der Tafelberg ist!"

„Man wird wohl noch fragen dürfen!", murrte der Mann, der wohl im Geografie-Unterricht, als der Kontinent Amerika durchgenommen wurde, gerade die Masern hatte.

14

In Franschhoek war der alte Winzer verschwunden, und zwar wie von Geisterhand. Wie war denn gleich sein Name? Ah, richtig, ein frankophon klingender Monsieur Dubois! „Monsieur?", rümpften die Leute dort die Nase. Eher wohl ein vergammelter Landstreicher, der auf Gedeih und Verderben von Mrs. von Vischer sein Gnadenbrot beziehungsweise seine Schnapsration bekam.

Wohl nur Andrea und Herr van Gogh wussten, dass im Anwaltsbüro schon vor der grauenhaften Bluttat einige gefälschte Pässe fehlten, darunter einer mit dem undeutlichen Foto eines gewissen Herrn Dubois, seinerseits französischer Staatsbürger. Sie hüteten sich, davon etwas verlauten zu lassen.

Monsieur Dubois' Vorfahren wurden ebenfalls während der Hugenottenzeit verfolgt und kamen mit den Einwanderungswellen nach Südafrika, denen der Weinbau in dieser grossartigen Gegend zu verdanken war.

Dass Dubois einige Wochen später im Elsass auftauchte und um Arbeit auf dem Weingut von Andrea bei Colmar ersuchte, das konnte beim besten Willen niemand in Südafrika recherchieren. In Frankreich war man sich der wenig ruhmreichen Geschichte mit den ausgewiesenen Hugenotten schon noch bewusst.

Und als Charles Dubois mit einem Empfehlungsschreiben von Andrea auf dem Weingut auftauchte, wunderte man sich zwar, einen so schwächlichen alten Mann aufnehmen zu müssen. Aber wer hatte denn nicht seine Marotten? Zudem war eine klapprige Hilfe besser als gar keine. Auf einen Einwanderer mehr oder weniger kam es im schönen Frankreich nun auch nicht mehr an, zumal wenn dieser auch in der zehnten Generation vermutlich doch noch etwas französisches Blut in den Adern hatte. Schliesslich hatte man mit den Millionen aus Nordafrika und damit den ehemaligen Kolonialgebieten mehr Probleme.

Das Verbrechen in der Anwaltskanzlei in Johannesburg wurde nicht aufgeklärt. Man zeigte auch wenig Interesse daran, zumal die offensichtlich nicht allzu traurige Witwe absolut nicht darauf drang, die Umstände des Ablebens ihres Mannes weiter zu verfolgen. Hatte diese vielleicht selbst Dreck am Stecken?

Ob Mord, Todschlag, Selbstmord oder Unfall, was kümmerte dies schliesslich die örtlichen Hüter des

Gesetzes nach den erfolglosen Recherchen? Die Leiche des Schweizers wurde nach Basel überführt, damit dort seine Beisetzung stattfinden konnte.

Und der alte Zulu? Interessanterweise meldeten sich keine Hinterbliebenen und keine ehemaligen Freunde des früher gefürchteten und einflussreichen Mannes. Eigenartig, denn der Besitz von Shaka war beträchtlich und fiel nun wohl an den Staat. Vermutlich war die ganze Sache für manchen einfach zu heiss!

Man hatte in Südafrika alle Hände voll zu tun mit der Zunahme der Gewalt und Korruption. Wenn sich Ausländer hier umbringen lassen wollen, so ist das nicht das Problem der hiesigen Polizeiorgane. Der Form halber wurden noch einige Befragungen durchgeführt, bald aber alle Ermittlungen eingestellt. Eine grosszügige Spende seitens Andreas für den Witwen- und Waisenfonds ehemaliger Polizeiangestellter hätte eigentlich gerade zu diesem Zeitpunkt Misstrauen erwecken sollen. Aber einem geschenkten Gaul schaut man nicht ins Maul!

Für Andrea war nun eine Scheidung durch den Tod von Henry überflüssig.

Sie musste wohl oder übel zur Bestattung nach Basel reisen. Ihr graute jetzt schon davor, bei den Familienmitgliedern der von Vischer Theater spielen zu müssen. Ihre grösste Sorge war, so bald wie möglich wieder ihren ledigen Namen anzunehmen. Sie wollte auf keinen Fall die Witwe von Vischer bleiben.

Eine Alternative wäre natürlich die baldige Heirat mit ihrem Verwalter Johann in Franschhoek. Aber konnte sie dies jetzt schon wagen?

15

Sie kamen und verschwanden wie Gespenster, wie Schatten aus der Vergangenheit. Sie töteten auch im Hinblick auf diese glorreiche Zeit der Zulukrieger. Vor allem im Gedenken an ihren König Shaka, der ein Heer von 20'000 Kriegern befehligte. Leider unterlagen die Zulus den Briten in der Schlacht bei Ulundi, da diese waffentechnisch weit überlegen waren. Kurz zuvor, im gleichen Jahr 1879, waren die Zulus noch siegreich gewesen über die verhassten Engländer.

Nun, drei Nachfahren jener tapferen Kämpfer schlichen sich ins Anwaltsbüro, in dem sich Henry und Shaka trafen, um schliesslich mit Andrea abzurechnen. Woher sie den Hinweis erhielten, dass dort das Grossmaul Shaka sich mit einem weissen Gauner treffen würde, bleibt wohl ein Rätsel für die dortigen Polizeiorgane.

Und wie sie in die Büroräumlichkeiten gelangten? Durch ein Mitglied ihres Stammes, ein scheues farbiges Mädchen, das dort als Putzfrau tätig war. Nach den Morden war diese auf Nimmerwiedersehen verschwunden.

Sie kamen natürlich nicht mehr mit Speer und Schild und in alter Kriegerkleidung der einst so stolzen Zulus. Sie spielten hier nicht für Touristen Folklore. Sie wollten morden. Darum kamen sie unauffällig in Jeans und T-Shirts, aber mit unsäglicher Wut und Klappmessern.

Endlich konnten sie es dem eingebildeten Affen, der es wagte, sich wie ihr alter König Shaka zu nennen, und der mehr Straftaten am Hals hatte als mancher zum Tode Verurteilte, heimzahlen. Er beleidigte durch seine Taten und durch seinen Namen die Ehre aller Zulus.

Sie mordeten leise, aber dafür langsam. So, dass Sahka nicht mehr schreien konnte, aber fürchterliche Schmerzen litt. Sie zischten ihn an:

„Das für deine Frechheit, den Namen unseres alten Königs zu missbrauchen, und als Gegenleistung für alle deine Schandtaten, mit denen du unser Volk beschmutzt hast!"

Henry stand wie erstarrt dabei und war gezwungen, dieser grausamen Schlächterei zuzusehen. Er war paralysiert und keines Wortes und keines Schreies fähig.

„Der muss auch weg, sonst haben wir einen lästigen Zeugen", murmelten sich die drei zu. „Er geht uns eigentlich nichts an. Aber dass er mit Shaka zusammen arbeitet, ist Grund genug für seinen Tod.

Sie töteten ihn wenigstens schnell und schmerzlos. Aber damit es ähnlich aussah, versetzten sie ihm auch nach dem ersten tödlichen Stich noch weitere. Die Leichen sollten ähnlich grauenhaft für die Polizei daliegen.

Wer hatte denn dem Zulumädchen den Tipp gegeben, dass sich die beiden Herren vermutlich im Büro des Anwalts von Andrea treffen wollten?

Es gab doch da einen gewissen alten Winzer Dubois, der anschliessend nach Frankreich abgereist ist. Aber das wusste nebst der Putzfrau niemand. Wenigstens niemand in Johannesburg! Vorsichtshalber nicht mal der Anwalt selbst! Auch nicht, dass das farbige Mädchen die leibliche Schwester eines dieser Rächer ist.

16

Eine Exhumierung der Leiche von Maria, der Haushälterin des Weingutes bei Colmar, wurde abgelehnt. Sollte wirklich ein Gewaltverbrechen in Form einer Vergiftung vorliegen, so könne dies durch die Gerichtsmedizin nach so langer Zeit nicht mehr festgestellt werden, zumal viele Gifte schon nach wenigen Stunden nicht mehr nachzuweisen sind. Eigentlich ein Hohn, wenn man bedenkt, dass man bei ägyptischen Mumien nach Jahrtausenden noch feststellen kann, dass diese an Karies litten oder dass ihnen der Schädel eingeschlagen wurde.

Offenbar waren da einige Leute geschmiert und gesalbt worden, die nun eine Mauer des Schweigens bilden. Was soll's? Die Absicht war wohl, dass Andrea nach dem Raub in der Kellerei und dem Tod ihrer „zweiten Mutter", der Maria, das Weingut veräussern würde.

Aber genau dies wurde nicht erreicht. Jetzt erst recht nicht!

Die Trauerfeier im Basler Münster war an Steifheit nicht zu überbieten. Ebenso das standesgemäss sich anschliessende Leidmahl im „Trois Rois" am Rhein. „Dabei gäbe es doch gerade am Rhein in Basel einige so schöne und gemütliche Restaurants", dachte die strapazierte Andrea.

„Nun, ein solches werde ich nach diesem gesellschaftlichen Theater gewiss aufsuchen, zum Beispiel meinen alten Italiener beim Dreiländereck!"

Die aristokratische Kälte, die ihr entgegenschlug, würde man wohl besser als Schnoddrigkeit bezeichnen. Abschätzig, feindselig, kaltschnäuzig, aber voller eleganter Trauergarderobe und mit einem Blumenmeer, mit Orgelspiel und Violinsolo, mit Presse und Lokal-TV, die je nach Couleur schwärmerisch oder schadenfroh berichteten, einfach alles führte dazu, dass Andrea sich sehnte, so bald wie möglich abzuhauen.

Eigentlich tat ihr nur der Pfarrer etwas leid. Für den war es wohl nicht so einfach, geeignete Bibelverse und wohlgeformte Worte für die Bestattung zu finden. Und dass das „Vaterunser", wie Luther einmal gesagt haben soll, einer der grössten Märtyrer ist, zeigte sich hier erneut.

Die „Konversation" beim Leidmahl hätte gewiss auch eine interessante Story abgegeben. Nur davon waren die Presse und TV ausgenommen. Kaum jemand vermutete, dass in jenen Augenblicken und in jenen Kreisen das wahre Gesicht zur Schau kam. Man hätte sonst sicher die technischen Möglichkeiten gehabt, dies festzuhalten. Auch Journalisten können nicht alles ahnen! Vielleicht doch zum grossen Glück!

„Dieses Luder hat doch unseren Henry selbst umgebracht!"

„Nun, sonst er wohl sie", meinte ein etwas aus der Linie geratenes Familienmitglied. „Umgebracht hat sich unser lieber Henry nebst seinen unzähligen Weibergeschichten und Alkoholexzessen auch mit seinem Umgang mit zwielichtigen Leuten! Wenn ich der Ehefrau und nunmehrigen trauernden Witwe raten könnte, so würde ich an ihrer Stelle vorsichtigerweise das Erbe ausschlagen, denn ausser Schulden gibt es da nichts zu holen.
Musstet ihr nicht für diese pompöse Beerdigung einen Kredit aufnehmen?", fragte er süffisant seine noble Verwandtschaft.

„Halte doch endlich dein Lästermaul!"

„Gerne, aber dann gebt mir noch was zu trinken. Wahrheit tut immer weh! Eigentlich müsstet ihr dankbar sein, dass in Südafrika nicht mehr ermittelt wird. Da gab es doch vor langer Zeit einen Hub-schrauberunfall, nicht?"

Andrea hatte so die Nase voll, dass sie sich verab-schiedete mit dem Wort: „Fahrt doch zur Hölle, ihr aufgeblasenen Affen. Ihr seid der hoffnungslose Abschaum einer einst so stolzen Familie."

„Enchanté, Madame!", meinte das Enfant terrible der Familie zu ihr mit einer galanten Verbeugung. „Mit dem grössten Vergnügen würde ich mit Ihnen zur Hölle fahren, denn dies wäre gewiss eine interes-sante Sache!"

Wie im Chor bekam er von seiner Familie die Ant-wort: „Vollidiot!"

Und darauf er zu seinem Clan: „Danke für das Kompliment, denn für mich ist jeder Fluch aus euren hohlen Köpfen ein Aufsteller!"

Ob soviel Zynismus rannte Andrea wie von der Ta-rantel gestochen davon. Sie vergass dabei sogar den Besuch beim Italiener. Der Hunger war schlagartig vergangen. Im Gegenteil, in ihren Gedärmen spie-gelte sich das Erleben der letzten Stunden derart stark wider, dass sie sehnsüchtig nach einer Toilette Ausschau hielt.

„Und jetzt nur noch ab und davon nach Südafrika",
so hämmerte es in ihrem Gehirn.

Sie erinnerte sich eigenartigerweise genau jetzt wieder an den letzten Dialog mit ihrem Mann, bei dem
sie ihm entgegenschleuderte: „Entweder bist du
krank oder aber du bist ein Schwein! So, wie ich
dich kennen gelernt habe, tendiere ich zum Letzte-
ren!"

Darauf er: „Nun, vielleicht bin ich für dich ja beides!
Aber das ist dann doch noch besser als eine blöde
und dumme Kuh wie du!", hohnlachte er.

„Mein Gott", fragte sich Andrea, „wie weit sind wir
gekommen; und warum bin ich nicht schon vorher
aufgewacht und habe die Konsequenzen gezogen?
Nun, jetzt ist nach einem Lernprozess sondergleichen ein Neuanfang endlich möglich!"

Die Flugstrecke Zürich-Johannesburg kannte sie
inzwischen besser als jede Strassenbahnlinie in Basel! Und in diesen zehn Stunden konnte man sich
beruhigen und neue Pläne schmieden, die endlich
einem besseren Leben dienen sollten.

17

Die Kosovaren Adeline und Aleksander Kimete wanderten endlich aus nach Kanada. Die nötigen Papiere waren angekommen. Weg von Blutrache, weg von polizeilichen Nachstellungen. Weg von der scheusslichen und blutigen Vergangenheit, sich selbst entfliehen. Hoffentlich gelingt dies in jenen Weiten.

Wie sagten dort die ersten Siedler? „Mein Nachbar sollte so weit weg sein, dass ich den Rauch seines Feuers nicht mehr sehen kann!" Dies wäre auch heute noch möglich in vielen Gebieten des flächenmässig zweitgrössten Landes der Welt. Nur zieht es die meisten Einwanderer logischerweise in jene Zentren, die selbst in Kanada bereits etwas übervölkert sind.

Halt, doch nicht ganz! Selbst in der Provinz Ontario, in der über ein Drittel der Kanadier leben, gibt es noch dünn besiedelte Ecken, denn immerhin misst auch diese Provinz allein über eine Million Quadratkilometer. Dimensionen, von denen eingezwängte Europäer nur träumen können, Gebiete, von denen zum Beispiel die Massen in Bangladesh einfach keine Ahnung und Vorstellung haben. Vielleicht besser so, sonst würden die Einreise-bestimmungen und Formalitäten gewiss über Nacht erschwert oder eine Immigation unmöglich.

So siedelten sich Adeline und Aleksander in der Nähe der Kleinstadt Sault Ste.Marie am St.Mary's River an. Zunächst in einem einfachen, aber gemütlichen Blockhaus, das die beiden für einen Spottpreis mieten konnten.

Die Stadt litt in den letzten Jahren unter massiver Abwanderung in die Orte des Südens, in denen bessere Arbeitsmöglichkeiten zu finden waren. Wenigstens bis vor kurzem. Die Rezession und Krise liessen die Ströme in die USA versiegen, auch in die Stadt auf der Südseite des Flusses in Michigan.

Mit ihren bescheidenen Mitteln wollten die beiden Geschwister den Wald- und Holzarbeitern in jener Gegend, ja, sogar den Indianern, also den Ureinwohnern Kanadas, die dort in drei Reservaten lebten, den schweren Alltag verschönern. Sie erwarben das Patent für ein vorerst kleines Balkan-Restaurant in ihrem Holzhaus, sogar mit Bewilligung zu zeitweisem Alkoholausschank, was für Kanada doch ein kleines Wunder bedeutet. Man war in der Provinzstadt offenbar bemüht, mit allen Mitteln etwas Leben ins triste Dasein mancher Bewohner zu bringen.

„Balkan-Restaurant mit Spezialitäten aus dem Kosovo!? Wo ist das, der Balkan; und wo ist Kososvo?", so fragten sich dort wohl die meisten Einwohner. Neugierde ist bekanntlich immer eine Triebfeder und ein Anreiz; und so trödelten anfänglich sehr misstrauisch die ersten Gäste ein. Man glaubt es kaum, aber darunter waren ab und zu auch ehemalige Jugoslawen!

Besonders diese assen gerne wieder mal fettes Hammelfleisch, gefüllte Paprika, Cevapcici (Fleischröllchen), Bohnensuppe und alles natürlich mit viel Zwiebeln und Knoblauch! Die Balkanküche, die ungarische, österreichische, böhmische, ja, türkische Einflüsse kennt, ist überaus vielfältig und auch deftig und fett. So braucht jedermann während und nach dem Schlemmen einen tüchtigen Verreisser!

Dies kann alte Freundschaften aufwärmen, aber auch alte Feindschaften auflodern lassen!
Noch immer verfolgte Adeline und Aleksander der Gedanke, ob die Blutrache sie eines Tages auch hier einholen könnte.

„Nun, die Welt ist vielleicht doch immer noch zu gross für so einen Zufall; das sehen wir erst jetzt hier so richtig!", tröstete Aleksander seine Schwester.

„In der Schweiz hörte ich mal ein komisches Wort, an dem aber doch was Wahres sein kann!"

„Was für ein Wort?"

„Irgendwie sagen dort die älteren Leute: ‚Aber wenn der Teufel Chilbi, (Kirmes!) haben will, dann will er das!'"

Adelina, du bist doch Muslimin, wenn auch keine gute!", lächelte ihr Bruder ihr aufmunternd zu.

„Aber auch die Muslime glauben an den Scheitan!"

„Nur die Guten und Gläubigen, und das bist du nicht!"

Allmählich schwanden die Schatten der blutigen Vergangenheit über Adelina und Aleksander. Sie entwickelten sich mehr und mehr zu neuem Denken und damit zu neuen Menschen, ja, eigentlich sogar zu Kanadiern! Die kleinen Funken Heimweh nach dem Kosovo wurden immer weniger.

18

Adelina lernte einen prächtigen und spassigen sowie grundehrlichen Holzfäller kennen und lieben. Er war gewiss nur Stammgast in der einfachen Kneipe wegen ihr. Seine Grosseltern wanderten vor dem Zweiten Weltkrieg aus Karlsbad in der Tschechoslowakei nach Kanada aus. Marek Beranek, so heisst der fröhliche Dreissigjährige und vor lauter Arbeit noch immer nicht verheiratete, verriet seiner Adeline, dass Beranek übersetzt „Lamm" bedeutet.

„Ich bin selbst wie ein Lamm, und ich liebe auch Lammfleisch, darum komme ich oft her!"

„So, ja, natürlich!"

„Nein, ich Idiot! Ich komme wegen Dir. Wir sind immerhin beide ehemalige Osteuropäer. Du einfach ein wenig südöstlicher als ich", spöttelte Marek, um seinen Lapsus zu kaschieren.

„Übrigens, liebe und hübsche Adeline: Woher nimmst du denn hier in dieser Weltgegend immer wieder das viele Lammfleisch und die köstlichen Balkanspezialitäten?"

„In der Schiffsküche würde der Koch sagen: Kombüsengeheimnis! Zudem zählt die nahe Stadt immerhin 80'000 Einwohner, hat sogar einen Flugplatz, eine direkt verbindende Brücke in die USA. Und zu allem Übel: Du bist zu neugierig!"

„Und du bist zu schlagfertig! Wo hast du dies gelernt? Ich möchte mehr, nein, alles über dich wissen?", murrte Marek.

„Ich schreibe vielleicht mal ein Buch. Das kannst du dann kaufen und lesen!"

„Und unsere Kinder auch!"

„Unsere Kinder? Wer sagt denn, dass *wir* Kinder haben werden? Du fragst ja nicht einmal, ob du *mich* haben willst!"

„Adelina, merkst du denn das wirklich nicht", flehte Marek sie verzweifelt und verliebt an.

„Merken schon, aber ich höre nichts aus deinem Mund, du Holzhacker!", lächelte Adeline, gab sich einen Schubs und umarmte ihn kurz mit einem flüchtigen Kuss auf die Nase.

„Ich habe auch einen Mund zum Küssen", stotterte Marek glücklich.

„Der soll zuerst mal was Nettes zu mir sagen!"

Siehe da, der Holzfäller wurde in den späteren Stunden sogar poetisch und meinte vergnügt: „Beginne bald mit deinem Buch! Ich hörte selbst hier, dass da bei euch im Kosovo eine böse Zeit war. Ich hoffe sehr, dass du nie, aber auch nie leiden musstest!"

Das war wieder ein Fehler. Er konnte nicht ahnen, dass solche Worte alte Wunden aufrissen.
Grosse Müdigkeit vortäuschend meinte sie zu Marek: „Liebling: Geh jetzt nach Hause. Es ist Zeit zum Schlafen!"

„Mit dir?"

„Später. Warte auf mich. Wir wollen endlich den Himmel auf Erden erleben!" Dabei dachte Adeline etwas traurig: „Die Vergangenheit holt uns auch ein ohne die Blutrache. Diese verdammte Erinnerung. Wird sie je erblassen oder gar verschwinden? Die Erinnerungen gewiss nicht, aber doch wenigstens der Schmerz!"

Aleksander, ihr Bruder, war eifersüchtig, wie ein Bruder auf seine Schwester eifersüchtig sein kann, vor allem, wenn südliches Blut durch die Adern pumpt und zischt. Aber er gönnte ihr auch das kommende Glück.

„Vielleicht bleibe ich dann hier in der Zukunft ein einsamer Wolf! Immerhin besser, als täglich mit der Maschinenpistole im Bett aufwachen! Allah, oder Gott, wie immer du dich nennen lässt, ich bete zum ersten Mal im Leben zu dir: Hilf Adeline, hilf mir, lass uns Ruhe und Frieden finden!"

Später wurden Aleksander und Marek erst etwas misstrauische und dann aber dicke Freunde. Damit wirkte dieses erste Gebet schon ganz schön!

19

Im Kellerlabyrint des Weingutes bei Colmar fand Andrea eigentlich rein zufällig den in Stein geritzten Pfeil, der zu einen Zettel wies, der mit zittriger Handschrift im schönen Elsässer Dialekt von ihrer Maria für sie hinterlassen wurde, und zwar in einer Ritze des Gewölbes, in die sie schon als Kind ihre Zettelwünsche steckte, ähnlich wohl wie die Juden bei der Klagemauer in Jerusalem. Nur Maria konnte von diesem Versteck ihrer Kindheit wissen.

„Andrea, hüte dich vor Henry. Er liebt dich nicht. Er will nur an deinen Besitz. Ich liege im Sterben, denn vermutlich wurde ich durch ihn vergiftet. Darum schiebe ich meine letzte Nachricht an dich in diese Kellerritze und hoffe, dass du diese finden wirst. Ich habe mich mit letzten Kräften hierher geschleppt, ehe ich mit grausamen Schmerzen vermutlich sterben muss. Adieu, mon amour, in einem anderen und besseren Leben."

Die Zeilen wurden gegen Ende hin immer unleserlicher. Vermutlich schwanden die Kräfte der Schreiberin, oder aber, die Vergiftung musste sie mit scheusslichen Schmerzen gepeitscht haben.

Andrea weinte, bis keine Tränen mehr kamen. Dafür aber formte sich in ihr ein ganzes Bündel von Gedanken, was sie nun alles unternehmen würde.

„Alle Beziehungen spielen lassen, alle Mittel einsetzen, alle Kräfte mobilisieren! Maria muss gerächt werden, selbst wenn der vermutliche Täter selbst schon Opfer war!" Dies und mehr hämmerte in den nächsten Stunden und Tagen in ihrem Gehirn.

Und dann erfolgten ruhig und überlegt Schritt für Schritt.

20

Es war eine Szene wie in einem alten Frankenstein-Film. Mitten in der Nacht wurde das Grab von Maria geöffnet, und dies von Männern, die dafür gut bezahlt wurden und auch gerne mal etwas Nervenkitzel erlebten. Die Leiche aus einem Sarg zu holen, die schon einige Zeit darin vermutlich vermoderte, das war schon ein Erlebnis der besonderen Art und brauchte starke Nerven.

Und vor allem wurden auch Medien zu dieser grauslichen Szenerie ganz spezifisch ausgewählt und informiert. Noch zu gerne erschienen in der Folge einige Fotografen und Reporter, nach der Devise: endlich raus aus dem Alltagstrott.

Mit dabei in dieser gespenstischen und schwer geheimen Aktion war auch Professor Doktor Alois Deglas, seines Zeichens Toxikologe in Paris, ein alter Freund Andreas beziehungsweise ihrer Eltern.

Nun, ganz geheuer war Professor Deglas die Sache ganz und gar nicht. Es konnte ihm seinen Job kosten. Zum andern aber, wenn etwas an der Sache war, so konnte die Publicity auch ihm nichts schaden. „Denn diese handverlesene Auswahl von Journalisten, die zu diesem nächtlichen Gruselkabinett eingeladen waren, sieht in Gedanken gewiss schon eine Headline, die sich gewaschen hat", dachte er sich.

Gerade darum, weil sich alle Leser einschlägiger Blätter am nächsten Tag auf diese Sensation stürzten, musste auf Druck der Öffentlichkeit in der toxikologischen Abteilung der Gerichtsmedizin eine Obduzierung vorgenommen werden, was sehr widerwillig geschah.

Die äußerst gereizt agierenden Behörden behielten sich trotz dem Rummel in der Öffentlichkeit vor, eine öffentliche Anklage wegen Leichenfledderei und eines halben Dutzends weiterer Vergehen gegen verschiedene Paragraphen Anklage zu erheben. Aber die örtliche Polizei hätte wohl gewiss noch ganz anders Druck gemacht, wenn diese nicht selbst in den damaligen Ermittlungen geschlampt hätte. Geschlampt? Nun, das ginge ja noch; aber vielleicht war es weit mehr?!

Hier galt es also zunächst, die ganze Welle des sogenannten öffentlichen Interesses und der Genugtuung des Volkes für eine schwer geschädigte und liebwerte Person abklingen zu lassen. Die Sache „aussitzen", so nennt man dies. In einigen Tagen verliert die Sensation ihren Reiz. Wenn man Glück

94

hat, wird alles durch etwas Neues abgelöst. Hier wäre wirklich Neues sehr erwünscht.

Nun, man fand tatsächlich heraus, dass Maria vermutlich durch ein Pilzgericht (Knollenblätterpilz) gestorben war. Kleinste Spuren im Magen-Darmbereich wiesen gewisse Rückstände dieses Pilzgiftes auf. Unbehandelt kann dieses Gift auch heutzutage noch nach einiger Zeit zum Tode führen.

Die Strafandrohung wegen der unerlaubten Exhumierung wurde fallen gelassen, denn die Presse, inzwischen weit über den lokalen Bereich hinaus, feierte endlich wieder mal Triumphe und machte Druck, noch mehr in der Sache herumzubohren.

Der Arzt, der den Totenschein mit der Diagnose Herzversagen ausgefüllt hatte, war zwar inzwischen nach Korsika verzogen, um dort den Ruhestand zu geniessen. Aber auch den konnte man nötigenfalls aufgreifen und befragen. Warum wurde denn auch die Suche nach dem kolossalen Weinraub verschleppt? Viele Fragen waren ein wochenlanger Knüller, sogar über das Elsass hinaus.

Darum wohl erfolgte für Andrea und ihre Helfer eine Rehabilitation und Straferlass, natürlich mit dem Hinweis, dass eine solche Handlungsweise einmalig sei und niemals mehr in ähnlicher Weise geduldet würde. Nur im Andenken an ihre unglücklich verstorbenen Eltern mit ihrem guten Ruf im Elsass, im Hinblick auch auf die wirtschaftliche Bedeutung des Weingutes Andreas für die Region und so weiter, werde hier Gnade vor Recht walten gelassen.

Die entsprechenden süffisanten Kommentare in der Presse wurden tunlichst von den offiziellen Stellen überhört. Denn nichts ist bekanntlich so alt, wie die Zeitung von gestern! Aber manch einer ärgerte sich doch grün und blau dabei!

Man dachte sich insgeheim, dass der vermutliche Mörder von Maria nun selbst ermordet wurde. Dadurch konnte ein aufwändiger Prozess vermieden werden, und es entstanden nebst viel Ärger und noch mehr negativer Publizität im schönen Elsass wenigstens keine Staatskosten für viele Jahre Eingesperrte. So lag doch ein gewisser Trost bei aller Untröstlichkeit in einigen Beamtenherzen.

Zu allem Übel brachte doch der Staatsanwalt bei Andrea die plumpe Frage vor, ob es nach all dem Trubel nicht besser für Sie wäre, das Weingut zu verkaufen und davon Abstand zu nehmen.

Wütend erwiderte diese: „Gut für *mich?* Ich denke doch, eher *gut für Sie und ihre Truppe!*
Das Weingut bleibt in meinem Besitz, denn hier ist meine zweite Heimat!"

„Ich dachte immer, Ihre zweite Heimat, Madame, sei Südafrika?"

„Heimat ist für mich dort, wo ich ein Teil meines Lebens verbringe und schöne sowie auch traurige Erinnerungen pflege, Monsieur!"

Mit einer knapp angedeuteten Verbeugung, wie es sich für elegante Franzosen geziemt, verliess der Anwalt wortlos und auch etwas ratlos Andrea.

Interessanterweise verschwand während diesen Turbulenzen der langjährige Verwalter des Weingutes, ohne zuvor sein Gehalt einzufordern. Er war eines Tages einfach weg. Eigenartig ist natürlich, dass dieser eine neue Anstellung bei der Familie von Vischer in Basel fand. Der freie Personenverkehr zwischen der EU und der Schweiz macht's möglich!

Vielleicht wusste der Mann einfach zu viel?!

21

Die Hochzeit von Andrea und Johann, bewusst wieder im Basler Münster vom gleichen Geistlichen durchgeführt wie die Trauerfeier für Henry, war schlicht und schön. Diesmal war der Pfarrer nicht zu bedauern. Wenn auch das Brautpaar nicht gerade zu treuen Kirchgängern gezählt werden konnte, so waren die beiden nicht ganz und gar ungläubig. Sonst hätten sie sich die kirchliche Trauung sparen können.

Gottlob war niemand der noblen ehemaligen Verwandtschaft anwesend im Münster, obschon Andrea glaubte, das Enfant terrible der von Vischer irgendwo hinter einem der mächtigen Pfeiler flüchtig bemerkt zu haben.

„Aber wenn diese saubere Gesellschaft einen Spion geschickt hätte, so gewiss nicht diesen. Ich könnte mir vorstellen, dass der mit einem bissigen und vor Hohn triefenden Kommentar seiner noblen Verwandtschaft über die Trauzeremonie berichtet hätte", dachte sie sich.

„Ist mir im Grunde auch egal! Die sind für mich einfach Luft! Nein, Luft braucht man zum Atmen! Sie sind für mich nicht mehr existent!"

Das Basler Münster hat wie andere grosse Sakralbauten eine komplizierte und etwa fünfhundert Jahre lange Baugeschichte. Darum kommen auch verschiedene Stilrichtungen von Romanisch bis Gotisch zur Geltung. Der Beginn wird auf das Jahr 1019 datiert. Nach dem schweren Erdbeben 1356 in Basel und Umgebung, das als stärkstes Beben in historischer Zeit in Europa gilt, wurden von den ursprünglichen fünf Türmen nur noch zwei wieder aufgebaut. Beide sind mit 242 Stufen zu besteigen. Oben bietet sich ein prächtiger Ausblick auf die Stadt, das Dreiländereck, auf die Ausläufer des Schwarzwaldes und des Juras. Bei klarem Wetter sogar auf die Vogesen. Also auch das Elsass lässt grüssen!

Nach der Hochzeitszeremonie wollte Andrea unbedingt mit Johann auf einen dieser Türme klettern, um ihrem Gemahl die herrliche Aussicht zu zeigen.

„Vielleicht sehen wir sogar die Umrisse meines Weinguts bei Colmar", meinte sie schelmisch.

„Du machst dein schönes Brautkleid kaputt!" entgegnete Johann, denn er fürchtete sich doch etwas vor den 242 Stufen.

„Nun, das brauche ich nur heute! Zweimal Hochzeit genügt mir im Leben. Und dieses schlichte und schöne Designerkleid trage ich wirklich nur an diesem Tag, der einmalig ist und bleibt!"

„Ich glaube eher, du willst meine Fitness testen!"

„Aber nein, warum denn? Wir steigen ja nur auf einen der Türme! Früher hatte das Münster sogar deren fünf!"

„Ich behalte meine ‚Fitness' lieber für unsere Hochzeitsnacht!"

„Wüstling, Lüstling, Scheusal", lächelte sie Johann an.

„Ich verstehe nicht so viele neue Wörter in Deutsch! Aber was du auch immer zu mir gesagt hast: Danke Liebling!", lächelte er zurück.

22

Die von Vischers waren doch existent und präsent. Vermutlich hatte also doch jemand verdeckt an der Trauung spioniert. Sie liessen nämlich Andrea durch einen Staranwalt in Johannesburg wissen, dass eine Wiederaufnahme des Verfahrens im Mordfall von Henry angestrebt wird.

„Kopiert diese Bande meine Aktionen in Colmar und in Franschhoek?" war Andreas erster Gedanke. „Die beiden Fälle liegen aber etwas anders. Henry hat zweifelsohne Anna vergiftet oder vergiften lassen, und durch Helfer auch meine Eltern umgebracht. Aber ich habe Henry nicht auf dem Gewissen. Das Schicksal kam mir zuvor. Aber mit Geld und Einfluss ist vieles Unmögliche möglich."

Dies bewies schon, dass das Schreiben des Anwalts Andrea nicht in Neuseeland erreichte. Dort war gewiss eine Kopie eingetroffen. Die von Vischers wussten sogar, in welchem Hotel sie und ihr neu Angetrauter die wenigen Tage in Basel wohnten. Denn das Schreiben wurde den beiden vom Concierge mit einem freundlichen Lächeln überreicht.

„Der kriegte gewiss vom Überbringer ein saftiges Trinkgeld", meinte Andrea. „Und sieh mal, Liebster, die scheuen wirklich keine Kosten, auch wenn sie finanziell wohl bald auf dem letzten Loch pfeifen."

„Warum denn, meine liebe Frau de Boer?" fragte Johann, um seine Andrea etwas zu besänftigen.

„Schau mal auf den Briefkopf dieses Anwalts!" forderte sie ihren Mann auf. „Unter dem Namen des Unterzeichners und Chefs stehen ein Dutzend weitere Anwälte, und zwar für alle Gebiete der Rechtssprechung! Ich will gleich mit meinem Anwalt van Gogh Kontakt aufnehmen. Es wird zurückgeschossen, darauf können die Gift nehmen!"

„Das hat schon mal einer gesagt, ich glaube so um 1939 herum! Und der hat schliesslich doch den Krieg verloren!"

„Wir kämpfen nicht wie jener an zwei Fronten und machen uns damit kaputt!"

„Was habe ich nur für ein intelligentes und kämpferisches Weib!"

„Bitte verwende dieses Wort Weib nie mehr. Es beleidigt mich, denn es ist ein Zeichen der jahrhundertealten Unterdrückung der Frau!"

„Sorry, Liebling! Aber das Wort Wife ist für uns im englischen Sprachraum gar nicht anstössig! Ich werde dich nur unterdrücken, wenn du fremdgehst!"

„Und wenn du fremdgehst, werde ich dich ganz langsam und genüsslich umbringen!"

Ein leises Lächeln bei einem guten Glas Champagner löste bei beiden die Verkrampfung. Die Nacht war voller gleissender Sterne, Hingabe, Leidenschaft und Erfüllung.

„Ich glaube, wir haben beide statt Blut flüssige Lava in unseren Adern!", meinte Johann, als er nach dem Frühstück schon wieder einen Champagnerkorken knallen liess.

„Ich hoffe sehr, dass dies so bleibt, selbst wenn nach gewissen Jahren die Lava etwas abkühlt! Dann reichen immer noch normales Blut und vor allem eine tiefe und warme Liebe!"

23

In Colmar verschwand Monsieur Dubois so plötzlich und leise, wie er vor einiger Zeit aufgetaucht war. Der Schnapsflasche hatte er inzwischen abgeschworen. Es war nicht leicht. Im Gegenteil: Es war ein harter Kampf. Ein gutes Glas Wein hingegen kann man einem ehemaligen Winzer nicht abschlagen, sonst vertrocknet nicht nur sein Gaumen, sondern auch sein Herz.

Interessant ist, dass dieser Dubois beim Besuch der Anwaltskanzlei mit dem einschüchternden Briefkopf eines ganzen Rudels von Juristen dort offenbar gesehen wurde. Er soll dort längere Zeit ein- und ausgegangen sein.

Kurz darauf legte diese renommierte Kanzlei ihre Mandat für die Familie von Vischer aus Basel ohne stichhaltige Begründung nieder und informierte offenbar etliche ihrer Kollegen in Johannesburg über ihre Schritte, alles einflussreiche Leute ihres Faches.

„Verdammter Filz dieser Rechtsverdreher in Südafrika", fluchten die Auftraggeber in Basel. Deren

Flüche wurden aber in Johannesburg weder gehört noch verstanden.

„Warum geben diese Kerle alle auf?", erstaunte sich Madame von Vischer.

„Vermutlich wurde denen die ganze Vergangenheit von Henry gesteckt, und zwar so, wie diese war, und nicht so, wie ihr sie haben wollt! Leute, wenn dies publik wird, dann könnt ihr mit eurem guten Namen einpacken und am besten Basel gleich verlassen. Geht doch und ärgert diese Andrea weiter. Denn dort – in Neuseeland - baut sie ihr drittes Weingut auf. Aber nehmt euch in Acht: Sie scheint ein cleveres Mädchen zu sein", meinte der ewige Stänkerer der Familie.

Seltsamerweise wurde ihm diesmal nicht widersprochen.

24

Der Rebbau in Neuseeland ist immer mehr im Kommen. Immerhin produzieren dort die Rebbauern bereits eine Million Hektoliter Wein pro Jahr. Vor allem der Sauvignon Blanc gedeiht prächtig auf inzwischen über 2000 Hektar. Weil viel Platz vorhanden ist, besteht seitens der Behörden auch absolut keine Beschränkung der Anbauflächen. Es ist demnach alles sehr zukunftsträchtig.

Also Neues? Für die beiden schon, obschon man sonst von Neuseeland Jahr und Tag wenig bis nichts hört. Zu unwichtig, zu weit weg? Vielleicht für die Weltöffentlichkeit, obwohl dort mit vier Millionen Einwohnern bei einer Fläche von ganz Westdeutschland, von Naturwundern der Sonderklasse erfüllt, eigentlich ein Paradies vorherrscht.

Aber was gibt es schon zu berichten von einem Paradies, in dem mehr Schafe als Menschen leben, in dem unbedeutende Dinge oder nichts, was in der Weltöffentlichkeit Nervenkitzel auslösen könnte, geschehen?

Doch etwas ist auch neu für Neuseeland. Nebst dem weit herum bekannten guten Schaffleisch wird neuerdings auch durch Hirschzucht mehr und mehr Fleisch in alle Welt geliefert. Es ist bekömmlich, fett- und kalorienarm, und in einer Welt und Zeit, in der mal vor Fisch und Meeresfrüchten, dann wieder vor Hühnerfleisch, und dann wieder vor dem Rinderwahnsinn gewarnt wird, kann diese kleine Nische bei kluger Strategie zu einem grossen Ansatzmarkt entwickelt werden.

25

Johann und Andrea kauften sich zu einem Schleuderpreis in einem Villenvorort der Hauptstadt Wellington ein schönes altes Haus aus der Kolonialzeit. Sie mussten einiges investieren, aber für einen absoluten Neuanfang in einer neuen Welt war dies für sie ideal. Wellington besitzt auch einen internationalen Flughafen mit immerhin bereits fünf Millionen Passagieren pro Jahr. Für ihre steten Reisen kam ihnen dies gelegen.

Erstaunt hielten sie eines Tages eine Einladung des Einwohneramtes der Hauptstadt in ihren Händen. Beim Vorsprechen wurde ihnen von einem wohl wie überall etwas trockenen Beamten mitgeteilt:

„Wir wollten Sie orientieren, dass aus Basel eine Familie von Vischer höflich anfragte, Ihre Anschrift und Wohnadresse zu erhalten. Im Sinne der guten Beziehungen zwischen Switzerland und Neuseeland, nicht zuletzt infolge kolossal steigendem Absatz von Schaf- und Hirschfleisch, haben wir diese Auskunft erteilt."

„Was haben denn gute Handelsbeziehungen zwischen der Schweiz und Neuseeland mit den Vischers und unserer Wohnadresse zu tun!", schrie etwas zu laut und zu wütend Andrea.

„Beruhigen Sie sich doch, Frau de Boer! Die Familie liess in ihrem Schreiben durchblicken, dass sie sehr gute Beziehungen zum Wirtschaftsminister der Schweiz haben!"

„Dummes Zeug! Erstens haben wir jetzt eine Wirtschaftsministerin in Bern. Und zweitens hat diese Familie eher sehr gute Beziehungen zum Konkursamt!" Die beiden wurden den Verdacht nicht los, dass als Beilage zu diesem ominösen Brief oder per Mausklick ein netter Betrag für das Konto dieses Beamten floss.

„Wir werden uns bei Ihrem Vorgesetzten oder bei höchsten Regierungsstellen beschweren. Gegebenenfalls haben Sie einen Prozess am Hals!", donnerte Johann den Beamten an.

Bleich geworden erwiderte dieser: „Tun Sie, was Sie nicht lassen können! Dort ist die Tür!"

„Und jetzt, was bleibt uns? Prozessieren gegen vielleicht korrupte Beamte? Das ist nervenaufreibend und kostspielig. Also warten wir ab. Vielleicht geschieht nichts."

26

Und ob etwas geschah!

„Man" sprach oder besser gesagt „man" denunzierte Johann und Andrea bei den Mitarbeitern des neuen Weingutes. Zwar auf so plumpe und üble Art, dass dies im ersten Moment abstiess. Aber wie sagen viele Leute dann doch meistens: „Ein Kern Wahres kann immer vorhanden sein!" Nur, wer mit Schmutz um sich wirft, muss damit rechnen, dass er sich auch selbst verdreckt. Dies war der Familie von Vischer natürlich egal. Mit Dreck im eigenen Haus hatten sie genug zu tun.

„Sie, Andrea, sei ein Flittchen. Ihr erster Mann sei unter mysteriösen Umständen in Südafrika ermordet worden. Diese Schandtat sei bis heute nicht aufgeklärt."

„Er, Johann, sei ein Betrüger. Schon auf dem Weingut in Südafrika schikanierte er die Leute bis aufs Blut."

„Dutzende Machenschaften mit zwielichtigen und vermutlich sogar terroristischen Gestalten seien verschleiert worden."

So ging der Katalog der Einflüsterungen weiter. Angst wurde geschürt, dass niemand sicher sein könne, den Lohn regelmässig zu erhalten oder grundlos gefeuert zu werden.

Als bruchstückweise solches Andrea und Johann zu Ohren kam und die beiden immer mehr erkannten, dass nur die von Vischer aus Basel dahinter stecken konnten, beschlossen sie, Detektive auf die Zuflüsterer anzusetzen und eine Verleumdungsklage vorläufig gegen unbekannt einzureichen.

Und dann brannte es eines Nachts lichterloh in ihrem Weingut und in den dazu gehörenden Gebäuden.

„Zum Glück zahlt die Versicherung den Schaden. Aber der ideelle Wert kann nicht ersetzt werden. Und die Arbeitskräfte laufen uns vermutlich davon!", seufzte Andrea.

„Wir werden diese Schweine ausfindig machen", gelobte Johann voller Zorn.

27

Ab sofort stand auch ihr Haus am Stadtrand von Wellington unter Polizeischutz. Spezialisten fanden heraus, dass im Weingut Brandstiftung vorlag und nicht etwa Selbstentzündung.

Ein Drittel der Angestellten zeigten Loyalität und blieb. Es musste aufgeräumt und die Weinberge wieder angepflanzt werden. Auch die bis auf die Mauern verkohlten Gebäude wurden zum Teil neu und moderner erstellt.

Ausgerechnet ein junger Südafrikaner, ein Farbiger, der wie viele seiner Landsleute hier eingewandert war, wurde für Andrea und Johann eine besondere Hilfe. Offenbar wusste er mehr als alle anderen. Er wirkte in seiner Freizeit als ehrenamtlicher Diakon in einer Freikirche und war ehrlich entrüstet, ja, entsetzt über diese Schandtaten.

„Ich werde Ihnen mittels einer Computeranimation bei der Polizei ein Phantombild erstellen lassen, das mindestens einen der mutmasslichen Täter entlarven kann!", meinte Samuel Hendricks. „Ich bin zwar in meiner Kirche gelehrt worden zu vergeben. Aber alles hat seine Grenzen, und manchmal muss auch gerechte Strafe sein!"

Das Verblüffende am Phantombild war, dass Andrea darauf das „Enfant terrible" der von Vischers wiedererkannte. Sie wusste allerdings nicht einmal seinen Namen.

„Er ist kein naher Verwandter dieser noblen Bande", meinte sie, „sonst wäre er sicher zu der Hochzeit von Henry und mir eingeladen gewesen. Aber ausgerechnet dieser Stänkerer, der es wagte, bei der Trauerfeier den ganzen Familienclan auf die Schippe zu nehmen und mit Hohn zu übergiessen, will uns kaputtmachen? Da muss etwas Entscheidendes geschehen sein, dass dieser Herr derart umgekrempelt wurde! Mit welchen Tricks und Drohungen?"

Darauf erhielten sie nie eine Antwort!

Dieser Herr wurde eindeutig auf den Videobildern des Flughafens von Wellington identifiziert, aber leider erst beim Einchecken zum Abflug nach Sydney. Sofortige Anfragen der Flughafenpolizei kamen auch dort zu spät. Der Vogel war ausgeflogen mit einer Lufthansa-Maschine nach Frankfurt. Wenigstens wusste man nun seinen Namen: Manfred Huber, wohnhaft in Basel. Nur: Stimmten Name und Wohnort?

„Man muss am Flughafen Rhein-Main in Frankfurt und danach bei der Einwohnerkontrolle der Stadt Basel nachfragen", erörterten die Geschädigten weiter.

Vom Frankfurt Airport kam keine Meldung. Irgendwie ist dies verständlich bei jährlich über 53 Millionen Passagieren. Neuseeland ist auch weit weg. Wäre eine Anfrage aus New York oder Moskau gekommen, wer weiss?

Hingegen reagierte die Einwohnerkontrolle von Basel nach etwa drei Wochen. Neuseeland ist halt wirklich fern. Aber dort in Basel ist wirklich ein Manfred Huber gemeldet, und zwar ironischerweise an der Elsässerstrasse 13.

„Ob man weiter nachforschen solle und wer die anfallenden Kosten übernehme", lautete die freundliche Nachfrage. Denn Herr Huber sei vermutlich im Moment verreist. Dies nach Auskunft des dortigen Hauswarts.

„Da hat sich also dieser Idiot für seine Drecksarbeit nicht mal einen anderen Dialekt zugelegt!" wunderten sich Johann und Andrea.

Via ihren Anwalt erhoben sie Anklage bei der Basler Polizei wegen übler Nachrede, Verleumdung,

Brandstiftung und einem halben Dutzend weiterer Delikte, was die Paragraphen hergaben.

Aus Basel kam dann die lakonische Meldung, dass besagter Herr Huber bei einer Explosion seines Autos auf der Fahrt von Basel nach München ums Leben kam. Ein Selbstverschulden komme kaum in Frage, viel eher ein Verbrechen. Dies müsse aber durch die bayrischen Organe geklärt werden.

In der Fernausgabe der Neuen Zürcher Zeitung, die Andrea als Verbindung zur Schweiz abonniert hatte, entnahm sie einer Kurzmeldung, dass in Basel eine alteingesessene Familie Privatkonkurs anmelden musste und Firmenanteile bekannter Firmen, die in deren Privatbesitz waren, sichergestellt wurden. Weitere Recherchen ergaben, dass doch tatsächlich auch die Villa der von Vischer versteigert wurde.

„So ist vielleicht Huber das letzte Opfer dieser einst stolzen Dynastie", meinte Andrea zu Johann. „Eigentlich bin ich schon ein wenig schadenfroh, aber nicht wirklich froh!"

28

Bleibt noch nachzutragen: Spezialisten der Münchner Kriminaltechnik rekonstruierten, dass unter Hubers Automotor ein Sprengsatz angebracht war, und zwar der Herkunft nach „Made in China". Aber von wem, wann und warum, das blieb vorläufig ungeklärt.

Andrea und Johann wollten einfach mal innerlich zur Ruhe kommen und unter alles Durchlebte einen dicken roten Strich ziehen. Hoffentlich gelingt dies! Jedenfalls zogen sie die Anklage zurück. „Wir stochern nicht mehr weiter in all diesem Dreck herum!"

Die Geburt einer Tochter, getauft auf den vielleicht inzwischen etwas altmodischen Namen Maria, ist zwar auch für Neuseeland, geschweige denn für die weite Welt nichts Neues. Aber für die beiden glücklichen Eltern ein neues Wunder, das sie mit grosser Dankbarkeit und Ehrfurcht vor dem Leben erfüllte.

Wer am Ende der Welt wohnt, mit deren Weite und Abgeschiedenheit, der Ruhe, mit der die Tage dahintropfen, hat dies auch manchmal satt. So ist halt der Mensch, wenn er westliche Zivilisationsluft geatmet hat.

Darum reisen Andrea und ihr Mann ab und zu nach Franschhoek zur Weinernte, nach Colmar und nach Basel zur Spargelzeit. Wenn der Rhein gerade wieder mal Hochwasser führt und um die alten Brückenpfeiler wütet, dann ist dies für die beiden zwar auch nichts Neues, aber stets wieder ein Erlebnis der Sonderklasse.

Es sind doch meist die kleinen Dinge, die das Leben lebenswert machen!

Noch etwas ist neuer und neuer: Wasser wird immer mehr Mangelware, immer kostbarer. Grosse Seen versanden und vertrocknen, Landstriche veröden, verdorren, vertrocknen. Menschen, Tiere und Pflanzen kommen um, und die Wüsten wachsen.

Der alte Rentner, damals auf der Basler Rheinbrücke, hat wohl schon recht mit seiner Ansicht. Schlimmstenfalls könnte oder müsste man ohne Öl und Gas leben können. Aber ohne Wasser nicht!

Wasser *bedeutet* Leben!

Ausklang

Es soll vor Jahren mal ein Wüstenbewohner stau-
nend und wartend irgendwo in Europa vor einem
Springbrunnen mit seinen verschiedenen Fontänen
und Wasserspielen gestanden haben.

Ein neugieriger Passant fragte: „Nun haben Sie
doch eine geschlagene Stunde hier zugeschaut! Darf
ich fragen: Auf was warten Sie?"

„Ich warte, bis das Wasser versiegt!"

„Guter Mann, das versiegt nie; Tag und Nacht
nicht!"

„Dann habe ich hier das Paradies gefunden!"

Frage an uns alle: Wie lange noch!?

Darum: Jeder Tag ist eigentlich aussergewöhnlich
und ein Geschenk.

Etwas Neues!